오늘부터
내 책 쓰기
어때요?

하루 한 장 글쓰기로
베스트셀러까지

오늘부터
내 책 쓰기
어때요?

송숙희 지음

알에이치코리아

우리는 모두 자기 인생의 작가다.

내 글도 책이 될까요?

당신의 책을 읽고 싶습니다

"내 글도 책이 될까요?"

"내 경험도 글이 될까요?"

"내 이야기가 책이 된다고요?"

20년 가까이 글쓰기, 책 쓰기 코치를 하면서 제가 가장 많이 들었던 질문입니다. 많은 분들이 이런 이야기를 덧붙입니다.

"너무 개인적인 소재인데 책으로 낼 수 있을까요?"

제 답은 이렇습니다.

"물론입니다. 개인적인 이야기로도 얼마든지 책을 낼 수 있어요."

그리고 단호하게 덧붙입니다.

"오히려 지극히 개인적인 소재라야 출판이 가능합니다. 출판이란 당신만의 소재일 때라야 가능하다는 얘기랍니다. 남들 다 하는 이야기 말고요. 독수리 오형제처럼 나라를 지키는 무용담 말고요, 다른 사람이 할 수 없는, 하지 못한 그런 당신의 이야기를 하세요. 그래야 책도 내고 강연도 할 수 있습니다."

두 번째로 많이 듣는 질문은 이것입니다.

"버킷 리스트 1순위가 책 쓰기예요. 뭐부터 하면 될까요?"

책 쓰기가 경륜 많고 노련한 사람들의 전유물이었던 시

대가 있었지만, 어느새인가 직종, 세대, 전문성 여부를 떠나서 거의 모든 이들의 버킷리스트 0순위로 떠올랐습니다. 그래서 이런 질문을 참 자주 듣습니다. 이렇게 답해드립니다.

"매일 SNS를 하세요. 주제를 하나 정해서 매일 글을 쓰다 보면 당신만의 이야기가 쌓이겠죠? 하고 싶은 이야기, 자꾸 하게 되는 이야기, 하면 할수록 자신만만해지는 이야기를 쓰세요. 그러다 보면 '좋아요'와 구독이 쌓이고 그러면 출판사에서 책을 내자는 러브콜을 받을 수 있어요."

책 쓰기 교실에서 만나는 예비 저자들은 파랑새를 찾아 떠난 치르치르 남매 같습니다. 이런 이야기를 쓰면 어떨까? 저런 이야기를 쓰면 어떨까? 특별한 이야기를 찾아 여기저기를 헤맵니다. 하지만 제가 실제로 책 쓰기 코치를 하며 느낀 것은, 남의 날개로는 날 수 없듯, 남의 이야기로는 책 서너 쪽도 쓰기 어렵다는 사실입니다.

자신의 책 한 권을 써내는 만만찮은 일을 해내려면 내용도 자기 것이어야 합니다. 먼 길을 돌아 결국 집에 돌아와 파랑새를 발견한 치르치르 남매처럼, 자신 안에서 쓸거리를 발견한 예비 저자들은 신이 나서 글을 쓰기 시작합니다.

글쓰기로 책 쓰기의 꿈을 이루고 싶은 당신도 마찬가집니다. 당신이 쓰려는 책은 당신 안에 있습니다. 당신이 쓰게 될 베스트셀러는 오직 당신의 이야기로만 채울 수 있습니다. 자기 안에서 캐낸 자기 것이라야 자기 언어로 오래도록 당당하게 말할 수 있는 법이에요.

내 안의 베스트셀러 찾기

"가장 개인적인 것이 가장 창의적인 것이다."

영화 〈기생충〉으로 오스카상 4관왕을 차지한 봉준호 감독의 소감입니다. 그는 언젠가 영화를 배우는 학생들에게 이렇게 말하기도 했습니다.

"당신이 좋아하는 것을 하라. 누가 뭐라 하든 듣는 척만 하고 무시하라. 좋아하는 것을 하려고 이 일을 하는 게 아닌가."

책 쓰기를 코칭하며 저도 비슷한 이야기를 합니다.

"당신이 하고 싶은 이야기가 뭔가요. 누가 묻지 않아도 하고 있는 이야기가 뭔가요? 3박 4일 쉴 새 없이 말할 수 있는 이야기가 있나요?"

이렇게 하고 싶어 하는 이야기를 할 때, 쓰고 싶어 하는 이야기를 쓸 때, 그러니까 좋아하는 것을 말하고 쓸 때 원고를 끝까지 완성하고 책으로 출판할 확률이 높습니다. 그런 이야기라야 독자 또한 공감하고 수긍하고 납득합니다.

에세이 베스트셀러 《여행의 이유》는 김영하 작가가 자신의 인생을 점철한 여행 이야기를 담은 것입니다. 서점가에 돌풍을 일으킨 《죽고 싶지만 떡볶이는 먹고 싶어》는 우울증에 시달리는 내면의 이야기를 풀어낸 것이었죠. 제가 쓴 《150년 하버드글쓰기 비밥》도 글쓰기 강의에서 체득한 노하우를 담은 것입니다. 이 세 권의 책은 저자의 개인적인 이야기가 보편적인 유용성에 맞닿아 독자에게 환영받았습니다. 그러게 심리학자 칼 로저스가 이런 말을 하기도 했지요.

"가장 개인적인 것이 가장 보편적인 것이다."

 하지만 당신은 이렇게 말하고 싶을지도 모릅니다.

"내 얘기는 글로 쓸만하진 않은 것 같아……."

 글 쓰는 이의 마음은 다 같은 걸까요? 소설《작은 아씨들》
의 조도 그랬습니다. 이 말을 들은 동생 에이미가 거들지요.

"쓰지 않기 때문에 중요해 보이지 않는 거야. 계속 쓰
 면 중요해진다니까?"

 세상에 어떤 이야기도 쓸 필요 없거나 덜 중요하지 않습
니다. 당신이 쓰지 않았을 뿐이지요. 나태주 시인은 자세
히 보아야 예쁘고, 오래 보아야 사랑스럽다고 했습니다. 당
신의 글도 그렇습니다. 평범하기 짝이 없고 중요해 보이
지 않는 내 이야기도 자세히 들여다보면 참 예쁩니다.
 그러니 당신의 이야기를 쓰세요. 만일, 당신의 이야기
가 책으로 출간되지 못한다면 그것은 너무 개인적인 소재

라서가 아니에요. 좋은 소재로 공감대를 형성하는 콘텐츠를 만들어낼 줄 몰라서겠지요.

제가 하는 일이 바로 이것입니다. 독자가 당신의 이야기를 읽고 공감할 수 있도록 제가 돕겠습니다. 당신의 이야기를 글로 쓰면 책이 될 테고, 말로 하면 영상이 될 테지요.

하루가 다르게 발전하고 있는 콘텐츠 퍼블리싱 플랫폼에서는 당장 실어 나를 이야기를 찾느라 바쁩니다. 구글이나 네이버나 당신의 이야기 같은 콘텐츠를 찾느라 혈안이 돼 있어요. 출판사들 역시 책으로 낼만한 콘텐츠 찾기에 한창이죠. 유튜브 · 인스타그램 · 블로그 · 페이스북에 글을 쌓아놓기만 해도 책을 내자고 조릅니다. 그런 출판사의 눈에 띄기만 한다면 당신의 글을 베스트셀러로 만들고 싶어 기를 쓰고 달려들 겁니다.

우리는 모두 자기 인생의 작가니까

이 책은 누구나 작가가 될 수 있는 '출판 시대'에 당신의 이야기로 베스트셀러 작가가 되는 방법을 알려드리는 글쓰기 그리고 책 쓰기 가이드북입니다. 많은 독자들이 '나도 한 번쯤 내 글을 써보고 싶다'고 생각하지만, 무엇을 써야 할지, 하고 싶은 많은 이야기들을 어떻게 끄집어내야 하는지, 그것들을 어떻게 꿰어야 보배가 되는지, 최종적으로 자신의 이야기를 '팔리는 책'으로 만들려면 어떻게 해야 하는지 알지 못합니다.

이 책은 그러한 방법들을 하나하나 알려드립니다. 당신 안에 내장되어 있는 베스트셀러를 당신 손으로 발굴하고, 차고 넘치는 SNS와 콘텐츠 퍼블리싱 플랫폼을 활용하는 비결도 전해드립니다.

쓰기가 겁난다고요? 물론, 당신의 이야기를 실어 나를 최소한의 글쓰기 훈련법, 법칙, 노하우도 전수합니다. 그러니까 당신의 이야기를 '팔리는 책'으로 완성하는 모든 단계와 방법이 한 권에 요약돼 있습니다.

이 책은 당신만의 이야기를 쓰고 싶지만 방법을 몰라 주춤한 당신에게, 가장 나다운 이야기를 잘하면서도 아직 세상 앞에 당신 이야기를 시작하지 못한 당신에게, 유튜브·인스타그램·블로그·페이스북에 공들여 쌓아온 나만의 콘텐츠를 책으로 내고 싶어도 다음 과정을 몰라 애타는 당신에게 최고의 해결책이 될 것입니다.

바야흐로 '혼자 하는 시대'입니다. 영향력이 권력인 시대입니다. 한 사람 한 사람이 자기만의 개인 채널을 만들고 메시지를 발신하며 영향력을 발휘합니다. 스마트폰 하나만 있으면 가능한 일입니다. 그야말로 펜 한 자루면 되는 일입니다. 그것도 당신 속에 내장된 이야기로 얼마든지 가능한 시대지요.

시대가 당신의 글쓰기를 응원하는데 아직도 겁이 나나요? 세계적인 투자가이면서 누구보다 글쓰기의 중요성을 역설하는 워런 버핏의 말로 당신을 응원합니다.

"성공하기 위해 모두가 셰익스피어가 될 필요는 없다. 그저 누군가에게 좋은 정보를 전하고 싶다는 진심 어린 욕구면 충분하다."

당신에게 지금 필요한 것은 당신의 이야기로 다른 사람에게 도움을 주고 싶다는 진심, 그것이면 충분합니다. 나머지는 제가 돕겠습니다. 지금 바로 당신의 이야기를 쓰세요.

우리는 모두 자기 인생의 작가입니다. 오늘 글을 썼나

요? 그렇다면 당신은 틀림없는 작가입니다. 오늘 쓴 글로 책을 낸다면 당신은 출판 작가가 됩니다. 그리고 이 모든 일은 지금 바로 시작할 수 있습니다.

-송숙희

3장

글감 찾기로 시작하는 실전 글쓰기

4장

하루 한 장, 잘 팔리는 책 쓰기 비법

5장

글쓰기와 책 쓰기가 인생에 가져올 것들

1장

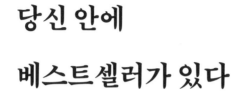

당신 안에

베스트셀러가 있다

글쓰기는 교양이 아니라
필수니까

나의 책 중《150년 하버드 글쓰기 비법》유노북스 | 2018년 11월 은 평소 글쓰기에 취미가 있거나, 내 책을 내고 싶다고 생각 하는 사람이 아닌, 일반인을 대상으로 한 글쓰기 책이다. 일 상과 업무에 필요한 글쓰기 노하우를 다룬 실용서임에도 불 구하고 수만 부의 판매고를 올렸다. 독자 반응을 살피며 내 심 놀랐다. 생각했던 것보다 훨씬 다양한 직업군에 글쓰 기 능력이 요구된다는 건 알았지만, 이 정도일 줄이야.

"하버드에 다니면서 받은 수업 중 사회에서 가장 도움
이 된 수업은 무엇인가?"
"글쓰기 수업."

하버드대학교 로빈 워드 교수가 1,600여 명의 졸업생을 대상으로 진행한 설문조사에서 응답자의 90% 이상이 '글쓰기 수업'이라고 답했다. 생각해보면 그다지 놀라운 일은 아니다. 기자, 마케터, 변호사처럼 글쓰기 능력 없이는 업무 진행이 불가능한 직업군이 아니더라도 직장인이라면 보고서나 문서작성 등의 업무를 위한 일정 수준의 글쓰기 능력이 요구된다.

무엇보다 지금은 소셜 네트워크 서비스(SNS), 콘텐츠 퍼블리싱 플랫폼 등을 통하지 않으면 기본적인 소통은 물론, 성공적인 마케팅을 기대하기 어려운 시대다. 무엇이 중심이 되느냐는 다르지만 모든 콘텐츠의 뼈대이자 틀이며 기본은 글쓰기다. 장문의 글짓기가 아니더라도 글쓰기가 기본적으로 받쳐주어야 자신의 생각을 구체화시키고 내용을 구성해 제대로 표현할 수 있다.

유튜브나 팟캐스트만 해도 대본이 있어야 완성도 높은 콘텐츠가 나온다. 한눈에 흥미를 끄는 제목 짓기도, 웃음 포인트를 콕콕 집어내는 자막도 결국에는 글이다. 이 말을 뒤집으면 뭘까. '글을 잘 쓴다'는 것은 곧 이 시대에 통용되는 콘텐츠를 자유자재로 만들어낼 수 있다는 뜻이다. 이

것 하나만으로도 당신이 글을 써야 할 이유는 충분하다.

1인 1미디어 시대에 우리는 그게 무엇이든 한 가지 이상 채널을 가지고 있다. 글은 이런 채널에서 나를 드러내고 싶은 사람들에게 있어 더할 나위 없이 좋은 도구다. 자기만족, 자기표현, 자아실현의 세 마리 토끼를 잡을 수 있고, 작가라는 커리어가 더해지고, 경제적 수익까지 따라온다.

물론 지금 현재 가장 손쉽게 접근할 수 있는 콘텐츠는 영상이며 가장 뜨거이 채널은 유튜브라는 것에는 동의한다. 지금 우리는 유튜브로 먹고 자고 놀고 일하고 공부하고 거의 모든 생활을 한다. 성인남녀 10명 중 6명이 유튜버를 꿈꾸고 초등학생 희망직업 3위로 유튜버가 꼽혔다. 유튜브로 누구는 강남에 빌딩을 샀고 누구는 연봉 100억을 받는다고 한다. 허무맹랑한 이야기는 아니다. 하지만 이미 알듯 유튜브 시장은 이미 몇 년 전부터 포화 상태다. 수십만 수백만 구독자를 거느린 인플루언서(Influencer)라고 불리는 스타 유튜버들도 소속사의 관리를 받으며 콘텐츠를 가공하고 개발하는 이때, 일반 개미 유튜버가 진입해 고가의 장비 없이, 엉성한 콘텐츠로 수익을 내는 것은 로또 수준의 행운이 따라야 가능한 일일 것이다.

그에 비해 글쓰기는 '장비빨'을 타지 않는다. 게다가 글쓰기 실력은 한번 길러놓으면 평생 써먹을 수 있는 개인기가 된다. 무엇을 하든 탄탄한 기본이자 기반이며 기초가 되어준다. 그 어떤 콘텐츠 만들기보다 돈이며 시간이며 에너지가 덜 들어 수월하게 시작할 수 있고 오래 지속할 수 있다.

나는 왜 글을 써야 하는지 강조할 때 가능한 많은 사례를 들려준다. 가장 자주, 많이 이야기하는 것은 자신의 글로 책을 내는 경험이 얼마나 극적으로 한 사람의 일생을 바꾸어 놓는지 들려주는 것이다.

한 여자가 13개월 만에 무책임하고 폭력적이었던 남편과의 결혼생활을 끝냈다. 어린 딸과 함께 살아가기에 나라에서 주는 사회보조금은 턱없이 부족했다. 생활비는커녕 아기 분유 값조차 감당할 수 없어 커피숍 웨이트리스로 취직했다. 하루살이 같은 일상이 이어지는 가운데 우울증 진단이 내려졌다. 정신과 의사는 치료의 일환으로 그에게 어린 시절 좋아했던 글쓰기를 권했다. 그는 가벼운 마음으로 몇 년 전 기차 안에서 떠올렸던 한 고아 소년에 관한 이야기를 써보기로 했다. 못된 친척에게 맡겨져 온갖 구박을 받으며 살아가던 소년은 어느 날, 마법사만 입학할 수 있는 학교의 입학통지서를 받게 된다. 그렇다. 그가 바로 〈해리포터〉 시리즈를 세상에 내놓은 세계적인 베스트셀러 작가 조앤 K. 롤링이다.

하지만 그 역시 원고가 완성되자마자 갑자기 인생이 바뀐 것은 아니었다. 원고를 들고 출판사를 찾아다니며 투고를 했지만 "어린이책으로 내기에는 내용이 너무 길다.", "어린이책은 내봤자 팔리지 않는다." 등의 이유로 열댓 개 출판사에서 거절당했다. 하지만 포기하지 않고 도전한 끝에 블룸스버리 출판사에서 한화 300만 원이 채 안 되는 조건으로 계약에 성공했다. 그리고 그 이후에는 그가 쓴 이야기보다 더 판타지 소설 같은 일이 인생에 펼쳐진다.

나 역시 조앤 K. 롤링처럼 책을 통해 인생의 궤도가 바뀐 사람이다. 나도 2004년부터 〈빵굽는 타자기〉라는 이름으로 블로그를 운영하며 온라인에 내 이야기를 써왔다. 나만의 공간에 나 자신에 대한 이야기를 글로 쓰며 자연스럽게 내면 탐험을 하게 되었고 그 결과 내게 가장 잘 어울리는 테마, '책을 쓰거나 쓰게 하는 일'을 찾아냈다. 현업에서 바쁘게 일할 때는 몰랐던 나의 테마를 발견했고 일련의 노력 끝에 책을 출간했다. '국내 책 쓰기 코치 1호'라는 수

식어가 주어졌고 강연에 초대 받으며 개인 워크숍을 열게 됐다.

그 수식어에 걸맞은 사람이 되기 위해, 그 무게에 지지 않기 위해, 지금까지 누구나 쉽고 빠르게 책을 쓰고 가질 수 있도록 많은 연구를 했다. 그 일환으로 '독자와의 대화'와 같은 행사를 치를 때, 특정한 주제를 가지고 일방적인 메시지를 전달하기보다 현장에 함께한 독자들이 가장 궁금해 하는 내 이야기를 들려준다. 그럼 반응이 훨씬 좋다.

독자들은 책을 쓰기 전과 책을 쓰고 난 후 나의 이야기를 듣기 원한다. 나의 이야기에 스스로를 이입하는 것이다. 언제든 당신도 조앤 K. 롤링이나 나처럼 책을 통해 인생이 바뀐 한 사람이 될 수 있다. 단, 그건 당신이 당신의 이야기를 시작했을 때의 일이다.

유대교 신비주의자의 한 사람인 주즈야는 죽은 다음 신에게 문책받을 거리는 "왜 너는 모세 같은 사람이 되지 못했느냐?"가 아니라 "왜 너는 주즈야답게 살지 못했느냐?"일 것이라고 했다. 주즈야식으로 말한다면, 당신 또한 죽어서 신 앞에 갔을 때 "왜 너는 조앤 K. 롤링처럼 살지 못했느냐가 아니라, 왜 너는 너답게 살지 못했느냐"일 것이다. 그러니 당신의 이야기를 시작하라. 당신의 이야기를 찾고 만들고 퍼뜨리면 당신이 미처 생각지도 못했던 행운이 문을 두드릴 것이다.

글쓰기는 얼마든지 힘이 되고 돈이 된다. 온라인에서도 당신의 이야기와 결이 맞는 독자와 연결되는 기회와 기술이 너무도 발달해 있다. 유튜브 · 인스타그램 · 블로그 · 페이스북 등 당장 SNS에 글쓰기를 시작하는 것만으로도 돈이 되거나 혹은 돈이 될 만한 가치를 발휘하기 시작한다. 책이라는 그릇에 담기도 전에 당신의 이야기를 온라인에서 팔 수 있다는 의미다. 디지털콘텐츠에 값을 내는 풍토가 조성되어 있기 때문이다.

글이 작품이 되는 공간, 브런치.
브런치에 담긴 아름다운 작품을 감상해 보세요.
그리고 다시 꺼내 보세요.
서랍 속 간직하고 있는 글과 감성을.
-브런치 소개말-

물론 글이 그 가치를 온전히 대접받을 때는 책이라는 그

룻에 온전히 담겼을 때다. 글쓰기는 책 쓰기라는 목표를 만났을 때 놀랍도록 그 힘이 증폭된다. 그리고 그 힘은 이제 특정 계층만 누리는 것이 아니라 누구나 누릴 수 있게 됐다. 누구라도 쉽게 책을 쓰고 출간하도록 돕는 기술이 '콘텐츠 퍼블리싱 플랫폼'이라는 이름으로 빠르게 발전한 덕분이다.

콘텐츠 퍼블리싱 플랫폼이란 콘텐츠를 만들거나 공유하거나 판매를 지원하는 디지털 기술을 말한다. 바야흐로 출판 시대. 스마트폰과 태블릿PC 등의 콘텐츠 생산 도구가 확장되면서 당신의 이야기를 쉽고 편하게 세상에 내놓을 수 있는 글쓰기, 책 쓰기 플랫폼이 빠르게 발전했다. 이 플랫폼들은 거의 무료이고 공통 관심사의 독자를 꾸준히 견인한다. 이용 방법도 쉽고 편하다. 당신이 할 일은 꾸준히 이야기를 모아 글을 쓰는 것이고 이를 모아 책을 내는 것이다.

실제로 지금 잘 팔리는 책 10권 중 9권은 플랫폼 출신이다. 플랫폼에 글을 연재하다가 출판사 눈에 들어 출간되거나 플랫폼을 통해 홍보되어 판매가 급증하거나, 출판사 도움 없이 플랫폼을 통해 출간을 하는 사례가 급증하고 있다. 다시 말해 누구나 '플랫폼 찬스'를 써서 작가 될 수 있다는 뜻이다.

다양한 플랫폼에 콘텐츠를 생산하는 예비 저자가 늘면서 출판사에는 새로운 업무가 추가되었다. 플랫폼에서 눈에 띄는 예비 저자를 발굴하는 것이다. 이런 예비 저자들은 플랫폼에서 이미 독자층을 확보하고 인지도를 올려두었기 때문에 성공 여부를 미리 점쳐볼 수 있다. 쉽게 말해 출판사 입장에서는 '안전빵'이라는 말이다. 예비 저자 입장에서도 출판사에 '제 원고 어때요?' 하고 노크하지 않아도 앉은 자리에서 러브콜을 받을 수 있게 되었다.

어떤가. 잘 닦인 길처럼 탄탄하게 조성해놓은 디지털 플랫폼에 당신 이야기를 풀어내는 것만으로도 이 근사한 수익이 따라온다. 아직도 '글? 책? 내가?' 하고 있는가? 당신이 모르고 있는 사이 지금 저쪽에선 글쓰기 잔치가 한창이란 말이다. 아직 쓰지 않는 당신만 빼고 말이다.

세상은 당신 이야기를
탐낸다

"SNS에 당신의 이야기를 쓰세요. 그 글을 모아 책을 내고 강연도 하세요" 하고 권하면 대부분의 사람들은 화들짝 놀란다. "내 이야기를 누가 본다고⋯⋯"라며 겸손인지 사양인지 모를 대답을 한다. 그리고 "그런 건 쓸거리 있는 사람들이나 하는 거죠" 한다. 책이나 블로그에 쓸만한 이야기를 가진 사람은 정해져 있으며 자신은 그런 사람이 못 된다는 것이다.

그래서 줄곧 남의 책만 읽어 온 당신. 이 책을 마저 읽기 전에 당신 곁에 자리 잡고 있을 성공이나 처세에 관한 책을 살펴보자. 무슨 내용인가? 혹시 저자의 무수한 경험담이나 무용담, 혹은 사적인 에피소드가 들어 있지 않은가? 서점가의 베스트셀러도 상황은 마찬가지. 서가마다 비슷한 이야기가 넘실거린다.

> -나를 일으켜 세워, 결국 나를 살린 김미경의 한마디.
> -평범한 전업맘에서 부동산의 여왕이 되기까지.
> -조던 김장섭, 직접 경험하고 공개하는 부의 매뉴얼.

　만약 당신에게 존경해마지 않는 작가가 있다면 책을 읽은 것도 부족해 직접 이야기를 직접 듣기 위해 강연을 찾아가거나 인터뷰를 찾아보았을지도 모른다. 작가에 대해 수다를 떨고 SNS에 그의 이야기를 열심히 퍼날랐을 수도 있다. 그렇다. 눈치챘겠지만 당신은 지금까지 남의 이야기에 빠진 채 살아왔다. 다른 사람의 이야기를 사고 듣고 보고 말하는 데 많은 돈과 시간을 쓰고 있었던 것이다.
　미국의 영문학자 존 닐은 《호모 나랜스》에서 우리에게는 이야기에 대한 본능이 있고 이야기를 통해서 사회를 이해한다고 말한다. 그의 말처럼 우리는 이야기하기 위해 산다. 때문에 사회, 정부, 기업들은 당신의 귀를 홀리고 마음을 빼앗을 이야깃거리를 무차별하게 살포한다. 못 믿겠다면 이른 아침 눈을 뜨면서부터 지금 이 순간까지 보고 들은 것을 떠올려보라. 출근 준비하며 잠깐 본 뉴스에서, 엘리베이터에서, 운전하는 차 안에서, 회사에서, 주고받은 이메일에서, 점심시간 식당에서 얼마나 많은 이야기에 현혹 당했는가.

사람은 어디에선가 재미있는 이야기를 들으면 기억하고 싶고 누군가에게 전하고 싶어진다. 이것이 이야기의 힘이다. 우리의 뇌는 많은 것을 접하지만 그 중 일부만 기억한다. 아무리 대단한 사실이라도 기억의 저장고에 오래 머물기 힘들지만 재미있는 이야기는 듣는 즉시 장기 기억 저장고로 넘어가 두고두고 머릿속에 남는다. 때문에 예수도 부처도 이야기의 힘에 가르침을 실었다.

예수와 부처의 이야기 속에는 청중이 이해하기 쉬운 비유와 사례가 가득하다. 그 속에 담긴 교훈과 경고는 바이러스처럼 청중에게 흘러들었다. 그렇게 열린 마음속으로 들어간 이야기는 마음을 통해 기억 창고에 저장됐다. 그리고 입에서 입으로 시간의 꼬리를 물고 끝없이 전파됐다. 이런 이야기의 강력한 힘을 일찌감치 간파한 기업들은 어떻게든 소비자의 뇌리와 마음에 자신의 브랜드를 각인하기 위해 쉽고 재밌고 달콤한 이야기의 힘을 이용한다.

수트는 현대 신사의 갑옷이고
듀렉스는 밤의 신사의 갑옷이지
#매너가 #사람을 #안 만든다
-듀렉스 SNS 광고-

한 사람이 하루에 접하는 마케팅 메시지는 평균적으로 4,000여 개라고 한다. 그 결과 이야기 세계를 받는 당신의 눈은 늘 다른 사람과 다른 곳을 향해 있고, 입은 다른 사람을 말하며 귀는 다른 사람을 향해 열려 있다. 다른 이의 이야기를 소비하느라 지갑 역시 늘 텅 빈 상태다.

출간한 지 12일 만에 100만 부 돌파, 한국에서 15억여 원의 선인세로 판권을 사들인 무라카미 하루키의 화제작 《1Q84》문학동네 | 2009년 8월. 이 책은 문예지의 신인상 조작에 관한 이야기와 베스트셀러를 만들어내는 이야기, 신흥 종교단체를 둘러싼 이야기가 직조되어 만들어진 소설이다. 하지만 이 흥미진진한 이야기들을 통해 하루키가 말하고 싶었던 것은 아이러니하게도 '다른 사람의 이야기에 자

아를 내맡기지 말라'는 것이다.

파올로 코엘료도 《승자는 혼자다》문학동네 | 2009년 7월를 통해 같은 이야기를 하고 있다. 문명의 이기로 조작된 '명성'의 허구에 홀려 이야기의 노예로 전락하지 말라고 강조한다. 결론은 하나. 이야기 홍수 속에 다른 이의 이야기에 빠져 있는 이상, 당신은 남의 이야기만 소비하는 존재가 된다. 이것이 당신이 빠져 있는 '이야기 함정'의 실체다.

세상에는 두 부류의 사람이 존재한다. 남의 이야기에 빠져 사는 사람과 나의 이야기에 빠져 사는 사람. 나는 이들 중 나의 이야기를 시작하지 못한 사람들이 자신의 삶 속에 품고 있는 이야기를 발굴해 꺼낼 수 있도록 돕는 것을 즐긴다.

오랫동안 이 일을 하며 깨달은 것은 사람이라면 누구나 자신만의 이야기를 가지고 있다는 사실이다. 무슨 일을 하든 10년 이상 경험하고 통찰하면 책 한 권 쓸 수 있는 힘과 아이디어를 갖게 된다. 집에서 10년간 살림을 한 전업주부라면 집에서 보고 느끼고 들은 경험을 글로 풀어낼 수 있다. 집안을 정리하며 얻은 지혜와 노하우로《인생이 빛나는 정리의 마법》더난출판사 | 2012년 4월을 펴내 세계적

인 정리 전문가로 인정받는 곤도 마리에처럼 말이다. 하물며 한 분야에서 20~30년 일한 전문가라면 그만의 주장과 논리와 콘텐츠가 무르익어 책 쓰기가 저절로 된다.

안타까운 것은 대부분의 사람이 그 사실을 모르고 있으며 세상에 나의 이야기를 퍼뜨리겠다는 야심도 갖지 못하고 있다는 것이다. 반면 자신만의 이야기를 가진 소수의 사람들은 그때그때 시의적절한 이야기를 만들어내 언론의 러브콜을 받으며 성공의 아우토반을 질주한다. 이런 성공의 메커니즘을 모른 채 열심히 살기만 하는 대부분의 사람에게 나는 자주 그의 이야기를 들려준다.

황안나 씨는 예순다섯 살에 전라남도 땅끝에서 강원도 고성까지 800km를 걸었다. 젊은 사람도 힘들다는 국토 종단을 해낸 것이다. '내 나이가 몇인데 그 생고생을 왜 해' 같은 생각은 않고 다만 걸었다. 돌아와서는 그 여정 한 걸음 한 걸음을 글로 옮겼다. 이번에도 '내가 누구라고 글을 써? 누가 이걸 보겠어?' 같은 생각은 하지 않았다. 블로그에 공개된 그의 국토 종단 이야기는 순식간에 유명해졌다. 사람들은 그의 여행담과 인생담에 순식간에 빠져들었다. 얼마 후 그가 쓴 이야기는 그의 목소리를 담은 책으로 출간되

었다. 바로 《내 나이가 어때서》산티 | 2005년 8월이다.

> 이 사회는 사람들을 너무 일찍 늙게 만들고 있다는 생
> 각이 든다. 20대에 제 갈 길을 찾지 못하면 큰일이라
> 도 날 것처럼, 30대에 뭔가를 이루지 못하면 실패한 인생
> 처럼, 40대엔 새로운 뭔가를 시도조차 할 수 없는 듯이 말
> 한다. 50대에 들어서면 "내 나이에 뭘!" 이런 식이다.

황안나 씨는 '예순 다섯 도보 여행가'로 인생 2막을 열었
다. 국내뿐만 아니라 산티아고, 네팔, 홍콩, 몽골, 동티베트,
아이슬란드, 시칠리아 등 세계 각국을 돌며 계속 여행에 관
한 글을 썼다. 일흔 다섯에 두 번째 책 《일단은 즐기고 보련
다》예담 | 2014년 11월를 출간하고 팔순을 넘긴 지금까지 인기 저
자이자 강연자로 나이를 잊은 즐거운 삶을 이어가는 중이
다.

TV를 켜면 온통 리얼리티 프로그램 일색이다. 유명인
이 혼자 사는 모습을 보여주거나 결혼해 사는 모습을 보여
주거나 아이와 사는 모습을 보여준다. 그런 모습을 볼 때 어
떤 생각을 하는가. 나와 크게 다르지 않구나, 사람 사

는 건 다 비슷비슷하구나, 싶지 않은가?

서점도 비슷하다. 거물급 유명 저자의 책도 많지만 보통 사람들이 평범한 삶을 이야기한 책도 많이 보인다. 나와는 다른 대단한 사람들의 이야기만 팔리는 것이 아니라는 것이다. 이러한 추세가 의미하는 것은 대중들은 '나와는 다른' 대단한 사람들의 이야기도 소비하지만 '나와 다를 바 없는' 일상적인 소재와 이야기도 좋아한다는 증거다.

흔하고 평범하다는 이유로 방치했던 일상을 새로운 눈으로 들여다보라. 그 속에 '평범함'이라는 말 속에 감춰진 위대함이 있다. 누구나 겪기에 누구나 공감하는 보편적인 감성과 감정의 가치. 그 무게란 실로 엄청난 것이다.

《스티븐 코비의 오늘 내 인생 최고의 날》김영사 | 2007년 5월은 세계적으로 가장 많이 읽히는 잡지 〈리더스다이제스트〉에 실려 전 세계 사람들을 감동시킨 '평범한 사람들의 위대한 이야기'를 담고 있다.

사고로 언어능력에 손상을 입어 의사조차 치료를 포기한 아이를 온 가족이 정성을 다한 끝에 치료한 이야기, 슈퍼마켓에서 물건 포장하는 일조차 서툴러 쫓겨날 뻔했던 청년이 개그맨으로 성공한 이야기, 세상에서 가장 악명 높은 교도소 수용자들에게 헌신하는 수녀님 이야기, 전쟁의 포화 속에서도 사람들에게 희망을 불어넣기 위해 연주를 멈추지 않은 첼리스트의 이야기……. 이런 이야기들은 한결같이 가슴 찡한 감동을 불러일으키고 삶에 대한 희망과 용기와 열정을 선사한다.

중요한 것은 이 이야기들의 주인공이 우리의 이웃이라는 점이다. 다시 말하면 당신의 이야기도 스티븐 코비 박사에 의해 세계적인 위대한 이야기로 소개되는 데 아무 문제가 없다는 말이다. 우리는 모두 평범한 일상을 사는 보통 사람이다. 바꿔 말하면 평범함으로 위장한 위대한 이야기를 품고 있다.

많은 연구자들은 위대함과 평범한 성스러움과 세속적인 것 사이에는 차이가 없다고 입을 모은다. 그들의 설명에 따르면 당신에게는 평범하기 그지없는 이야기들이 당신 이외의 사람에게는 위대하게 비쳐질 수 있다는 것이다.

체코의 '국민작가'라 칭송받는 카렐 차페크의 《평범한 인생》리브로 | 1998년 9월을 읽으면 누구라도 이야기를 쓰고 싶은 충동에 휩싸인다. "예부터 이야기라면 위대한 정치가나 유명인사, 대재벌들의 것이었다. 그러나 가난하고 별 볼 일 없

는 평범한 사람들의 이야기 한 권쯤 나올 때가 됐다"라는 문장으로 시작하는 이 소설은 한 작은 시골마을의 간이역을 지키는 역장의 일생을 담고 있다.

친한 친구가 죽었다는 소식과 그가 자신의 삶을 기록으로 남겼다는 말을 전해들은 포펠 씨는 마치 죽은 사람의 손을 만지는 듯한 느낌으로 그 기록을 들춰본다. 철도 공무원으로서 평범하게 일생을 살아왔다고 생각한 주인공은 친구의 기록을 통해 '비일상적이고 극적인 일은 아무것도 일어나지 않았으며 기억나는 것이라곤 조용하고 당연해 보이는, 거의 기계적인 세월의 흐름이어서 조그맣고 규칙적인 행복 외에는 예외적인 별난 모험이랄 게 없었던 삶'에도 정리할 무엇인가가 있었다는 것에 크게 놀란다.

이 소설의 주인공처럼 너무 평범하여 볼품조차 없어 보이는 많은 다른 이들의 인생이 그럼에도 불구하고 정리되고 기록으로 남겨져 왔다는 것에 당신도 놀랐을 것이다. 쉽게 말하자면, 이야기를 써야 마땅한 위대한 인생이란 대단한 스펙터클을 가진 소수가 아니라 사소함으로 위장한 평범한 일상을 살아내는 우리들이다. 아직도 '나는 너무 평범해, 내 이야기는 너무 흔해. 쓸 게 없어……' 하고 있는가.

닐 기유메트 신부의 《내발의 등불》성바오로출판사 | 2005년 7월
에 나온 한 편의 우화를 읽으며 평범함이라는 단어에 가
려져 알아보지 못한 자신의 가치와 의미에 대해 생각해보
기 바란다.

막내 천사 미니멜은 가장 보잘것없고 완벽하지 않다
고 생각한 나머지 신께 투정했습니다.
"천사라서 자살할 수는 없고, 차라리 나를 없애주세요."
신이 대답하셨답니다.
"세상에 피에타 상이 수백만 개 존재하고, 나이아가
라 폭포가 수백 개, 에베레스트 산이 수백 개 존재한다
고 한번 가정해봐라. 그것들은 더 이상 독창적이지 않으
니 그 절대적인 매력을 잃지 않겠느냐? 나의 창조물을 자
세히 보아라. 어떤 눈송이도 똑같이 생긴 것이 없다. 나
뭇잎이나 모래알도 두 개가 결코 똑같지 않다. 내가 창조
한 모든 것은 하나의 '원본'이다. 따라서 각자 어떤 것과
도 대치될 수 없는 거란다. 너의 경우를 예로 들어보자.
나는 너 없이도 세계를 창조할 수 있었지만, 만일 그랬다
면 세계는 내 눈에 영원히 불완전한 것으로 보였을 것이

다. 너를 미카엘이나 라파엘로 만들 수도 있었다. 그렇지만 나는 네가 너로서 존재하고 나의 고유한 미니멜이기를 원한다. 태초부터 내가 사랑한 것은 남과 다른 너였기 때문이다. 너는 내가 오랜 세월 꿈꿔온 유일한 미니멜이다. 따라서 어느 날 네가 존재하지 않는다면 나는 더할 수 없이 슬플 것이다. 영원히 눈물이 그치지 않을 것이다."

당신도 미니멜처럼 스스로의 이야기가 보잘것없고 완벽하지 않다고 생각하고 있지 않은가. 하지만 당신이 당신 내부의 이야기를 찾고 꺼내놓을 수만 있게 된다면 당신이 그랬듯, 누군가 당신의 이야기를 사기 위해 지갑을 열 것이다. 당신의 이야기를 듣기 위해 사람들이 당신 앞에 몰려들 것이다. 당신의 이야기를 시시각각 자신의 블로그와 카페에 올려 퍼뜨리는가 하면, 일상에서든 비즈니스에서든 대화의 주제로 활용하게 될 수도 있다.

책을 쓰는 일에는 특별하거나 대단한 노하우가 필요하지 않다. 필요한 것은 지금 당장 쓰겠다고 뛰어드는 것뿐이다. 일기나 블로그, 여행기, 독후감 노트, 사진첩, 체험 수기,

일대기나 연대기, 보고서는 물론 업무일지까지 자신의 경험을 다른 이에게 전할 수 있으면 된다. 경험의 갈피에 놓인 기억을 현재의 시점에서 재해석해 이야기를 시작하라. 이렇게 모은 이야기를 묶어내면 당신의 책이 될 것이다. 당신의 책은 단지 아직 쓰여지지 않았을 뿐이다.

당신의 글에
'플랫폼'이라는 날개를

    서점가에 신드롬을 일으킨 《90년생이 온다》웨일북 | 2018년 11 월는 콘텐츠 퍼블리싱 플랫폼 중 하나인 브런치에서 연재 된 글을 엮은 책이다. 이미 알고 있는 내용인가. 그럼 이 책 이 출간되기까지 4년이 걸렸다는 사실 또한 알고 있는가?

> 사실 자료 정리는 2014년에 다 썼는데 못낸 거예요. 당 시에 책으로 내볼까 하고 한 곳 정도 출판사에 컨택했는 데 긴가민가하시더라고요. 그래서 접고 직장생활을 하다 가 브런치에 연재를 했는데, 그 연재물이 상을 받게 되면 서 출간하게 됐어요.
> -<월간 채널예스> 임홍택 저자 인터뷰-

1980년대생 직장인이었던 저자는 자신과 1990년대생의 차이점을 읽기 위해 자료를 수집했다. 그리고 이 자료를 토대로 한 출판사에 출간을 제안을 했는데 당시 반응은 기대와 달랐다. 하는 수없이 출간 생각을 접고 직장생활을 하면서 이 자료를 정리해 브런치에 연재하기 시작했다. 책상 서랍에서 영영 잠들 뻔했던 그의 글은 그렇게 구출되었다. 신선한 주제와 해석으로 주목을 끌며 콘텐츠 상을 수상하게 되면서 2018년 정식 출간됐고, 대통령도 읽고 일독을 권하는 베스트셀러가 되었다.

'장르소설'로 통칭되는 국내 대중소설로는 드물게 베스트셀러 반열에 오른 《회색 인간》요다 | 2017년 12월 역시 온라인 커뮤니티 '오늘의 유머' 공포게시판에 연재되었던 김동식 작가의 단편소설 66편을 추려 묶은 단편소설집이다. 작가는 10년 동안 공장에서 노동하면서 머릿속으로 수없이 떠올렸던 이야기를 거의 매일 게시판에 연재했다. 공포를 기본으로 스릴러 장르의 그의 소설은 뜨거운 반응을 끌어냈다. 그리고 출판사의 러브콜을 받아 정식 출간됐다.

《브랜드 마케터들의 이야기》북바이퍼블리 | 2018년 7월도 비슷한 경우다. 배달의민족, 스페이스오디티, 에어비앤비, 트

레바리 이렇게 네 브랜드에서 일하는 30대 마케터들이 유료 디지털콘텐츠 플랫폼인 PUBLY(퍼블리)에 모여 한 판 수다를 떨었다. 국내 대표 브랜드 마케터들이 나눈 잡담 속에는 마케팅 전공자와 기업 마케팅 담당자, 새로 기업을 시작하고 브랜드를 구축하려는 창업자들에게 피가 되고 살이 되는 경험담이 가득했다. '현역 선수'들의 신선하고도 생생한 경험담은 큰 주목을 끌어냈고 퍼블리 콘텐츠 중 펀딩 달성률 1796%의 성과를 거두며 책으로 발간됐다. 자, 여기까지의 이야기를 듣고 무슨 생각을 하는가. 서점가를 휩쓴 베스트셀러에 달린 '플랫폼'이라는 날개가 보이지 않는가?

글쓰기, 책 쓰기 플랫폼은 예비 저자에게도 출판사에게도 매우 유용한 '찬스'다. 플랫폼에서 많이 읽히고 공유되는 콘텐츠는 종이책으로 출판되었을 때 어떤 마케팅보다 효과적이다. 당신도 '플랫폼 찬스'로 베스트셀러 작가가 되는 기회를 앞당길 수 있다. 글쓰기, 책 쓰기 플랫폼들을 활용하면 당신의 이야기를 쉽게 편하게 빠르게 세상에 선보일 수 있다. 이 플랫폼들은 거의 무료로, 당신의 경험을 글로 쓰고 책으로 만들도록 돕는다. 그나마 어렵다면 플랫폼이 하도 많아 내게 맞는 것을 고르기가 난감하다는 정도? 예비 저자들이 널리 활용하여 책 쓰기 목표를 이뤄내는 플랫폼을 소개한다. 글쓰기 책 쓰기 플랫폼들은 크게 콘텐츠 생성, 유통, 출판지원을 기준으로 선별했다.

❶ 콘텐츠 퍼블리싱

개인이 온라인 상에서 콘텐츠를 생성하고 공유하는 것을 콘텐츠 퍼블리싱이라 한다. 인스타그램, 유튜브 같은 SNS 플랫폼과 퍼블리, 폴인 같은 전문적인 플랫폼이 있다.

-블로그

깊이 있는 정보 콘텐츠 생성에 특화된 플랫폼. 연재 성격으로 콘텐츠를 지속적으로 생성하면서 체계적으로 관리하면 인기를 유지할 수 있다. 콘텐츠를 혼자 만들고 편집하는 데 수월하도록 자체적인 편집 틀을 지원한다. 사진과 영상을 가리지 않고 업로드할 수 있는 것도 장점이다. 네이버 블로그, 카카오 티스토리 등의 국내 버전과 워드 프레스 등 해외 버전이 있다.

대표 도서 《지랄발랄 하은맘의 십팔년 책육아》 알에이치코리아 | 2019년 10월

-인스타그램

이미지 콘텐츠 기반 플랫폼. SNS 이용자 절반이 이 플랫폼을 이용한다고 할 정도로 큰 인기를 끌고 있다. 패션, 요리, 인테리어, 여행 등 이미지가 큰 몫을 차지하는 이야기 만들기에 탁월하다. 일러스트, 만화 콘텐츠 노출도 유리하다.

대표 도서 《우리 이만 헤어져요》 알에이치코리아 | 2019년 8월

-유튜브

영상 콘텐츠에 특화된 플랫폼. 글쓰기가 부담스러운 사람들에게 추천한다. 경험이나 노하우를 전수하는 강연 형태의 콘텐츠를 노출하면 실시간으로 더 많은 구독자를 모을 수 있다. 물론 나만의 일상을 기록하기도 좋다. 일정 수준 구독자가 확보되면 출판사의 관심 리스트에 오르게 된다.

대표 도서 《땅끄부부, 무모하지만 결국엔 참 잘한 일》 알에이치코리아 | 2019년 8월

❷ 콘텐츠 생성 · 공유 · 유통 플랫폼

소셜 퍼블리싱 플랫폼과 거의 유사한 기능을 가졌으되 보다 전문적인 콘텐츠를 표방하는 플랫폼. 따라서 사전 승인을 받아야 플랫폼을 활용할 수 있고, 플랫폼 측에 선택권

이 있다는 점에서 기존 출판사의 디지털 버전이라 볼 수 있다. 콘텐츠를 유료로 서비스하기도 한다.

-브런치

'글이 작품이 되는 공간'이라는 기치를 내걸고 다음카카오에서 2015년 서비스를 개시한 글쓰기 플랫폼. 일련의 심사를 거쳐 작가로 등록해야 이용이 가능한 폐쇄형 플랫폼이다. 그런 만큼 포스팅되는 글에 대한 신뢰도가 높다. 특히 출판사에서 유용한 콘텐츠를 탐색하기 위해 자주 드나든다. 블로그가 설득력 있는 정보 콘텐츠에 적합하다면 브런치는 보다 감성적인 콘텐츠가 잘 통한다.

대표 도서 《아이가 잠들면 서재로 숨었다》 웨일북 | 2018년 6월

-PUBLY(퍼블리)

'일하는 사람들의 콘텐츠 플랫폼'을 강조하는 유료 플랫폼. 유료로 운영하는 만큼 정제된 콘텐츠에 대한 기준이 높아 대부분 청탁으로 콘텐츠를 업로드한다. 청탁 받지 않고도 저자지원 프로그램을 거쳐 승인을 받으면 플랫폼 이용이 가능하다.

대표 도서《브랜드 마케터들의 이야기》북바이퍼블리 | 2018년 7월

-북저널리즘

'전문가의 기자화'를 추구하며 콘텐츠 구독 서비스를 제공하는 플랫폼. 저자 지원 프로그램으로 심사에 통과하면 전문 집필진의 도움을 받아 콘텐츠를 생산하고 유통할 수 있다.

대표 도서《검사는 문관이다》스리체어스 | 2017년 5월

❸ POD 플랫폼

P.O.D(Publish on demand)는 주문형 도서 출판을 말하는데 셀프출판, 직접출판, DIY출판 등 다양한 이름으로 불리고 있다. 독자에게 주문이 들어올 때마다 책을 만들어 발송한다. 출판사에서 제작비를 대는 일반 출판과 달리 본인이 제작비용을 부담하고 직접 출판하기 때문에 출판사 심사를 받아야 한다는 부담이 없다.

-퍼플

교보문고에서 서비스하는 POD 플랫폼. 편집 템플릿

을 활용해 표지 및 본문 편집 디자인, 인쇄까지 전 과정을 셀프로 진행할 수 있다. 교보문고 인터넷서점의 유통라인을 이용한다는 것이 큰 장점이다.

대표 도서 《1000일간의 블로그》 교보문고 | 2010년 7월

-부크크

'클릭 몇 번'으로 무료로 출판이 가능하다고 자랑하는 출판 유통 플랫폼. 출판 과정을 5단계로 나누어 저자가 직접 출판하기 쉬운 프로그램을 서비스한다. 독자가 주문할 때 주문 수량 만큼 인쇄하여 배송한다.

대표 도서 《당신의 계절도 분명 찾아올 것이라고》 부크크 | 2020년 1월

-브런치 북

여러 편의 글을 한 권의 책으로 엮는 패키징 툴을 활용해 작가가 직접 책을 기획하고 완성하는 솔루션 프로그램을 지원한다. 브런치 플랫폼에서 이용 가능하다. 이를 통하면 작가의 기획 의도가 100% 구현되는 '오리지널 초판' 제작이 가능한 것이 장점이다.

-북랩

2005년부터 POD 서비스를 제공하여 축적한 경험과 경륜으로 신뢰받는 플랫폼이다. 콘텐츠만 있으면 교정, 디자인, 인쇄, 배본, 유통 까지 전 과정을 해결하는 출판 패키지 프로그램을 활용하여 손쉬운 출판이 가능하다. 출간후 자체 POS 시스템으로 판매 현황을 실시간으로 점검할 수 있다.

대표 도서《재미로 읽어 보는 우리말 속의 일본어》북랩 | 2019년 6월

❹ 크라우드 소싱

창작자와 후원자를 연결해주는 크라우드 펀딩 플랫폼. 예비 저자가 출간하고 싶은 책의 기획 의도 및 집필 프로젝트를 플랫폼에 공개한 후, 출간에 필요한 제작비를 모금 받는 형식으로 제작비를 확보한다. 설정한 모금 기간 내 목표 금액을 달성하면 프로젝트 성공으로, 실제 출간까지 진행된다. 독자 입장에서는 책이 완성될 때까지 기다려야 하는 단점이 있지만, 본인이 보고 싶은 책, 만들어지길 희망하는 책을 선택할 수 있으며 상업 출판을 기대하기 힘든 사회 · 인문 분야의 다양한 도서를 만나볼 수 있어 사회 참여

도가 높은 20~30대에게 특히 인기가 높다.

-텀블벅

베스트셀러《죽고 싶지만 떡볶이는 먹고 싶어》흰 | 2018년 6월로 주목받은 크라우드 소싱 플랫폼. 크라우드 펀딩을 통해 예비 독자와 사전 교감하지 못했다면 이 같은 히트를 기록하기 힘들었을 것이라는 얘기가 있다. 텀블벅만의 기준과 규칙에 부합하는 콘텐츠에 한해 프로젝트 올리기 프로그램으로 쉽고 간단하게 후원을 요청할 수 있다.

대표 도서《퇴사 말고 사이드잡》카시오페아 | 2020년 1월

❺ 글쓰기 플랫폼

부담 없이 글쓰기에 접근하도록 돕는 플랫폼. 스마트폰 어플리케이션 형태로 서비스된다.

-씀

하고 싶은 말은 많은데, 뭣부터 써야 할지 막막한 사람을 위한 플랫폼. 일상 소재를 바탕으로 글을 쓰도록 돕는다. 하루 두 번 새로운 소재를 전달하며 간단한 단어 혹은 구

절형태의 소재를 제공하여 내면의 글감을 밖으로 끄집어내 한 편의 글을 완성할 수 있다. 쓴 글은 한 편의 시처럼 이미지화되어 혼자서 간직할 수도 있고, 공개해 다른 사람과 공유할 수도 있다.

어느 플랫폼도 완벽하지는 않다. 플랫폼마다 성격이 다르니 장단점을 잘 따져 당신의 성향에 맞는 것으로 플랫폼을 고르자. '신상 마니아'처럼 글쓰기 책 쓰기 플랫폼도 매번 새 것으로 갈아타는 사람들이 있다. 유행에 뒤처질까 두렵다는 것인데 그렇게 갈아타다 보면 어느 하나도 제대로 하지 못할 위험이 높다. 새 것에 적응하느라 시간을 쓰다 보면 어느새 다른 것이 나와 최신의 최고라고 현혹한다. 당신의 성향과 글을 읽어줄 독자들의 선호도를 분석해 주력으로 글을 쓸 플랫폼을 고르는 것을 추천한다. 메인 플랫폼을 중심으로 다른 플랫폼에도 글을 노출해 홍보 수단으로 활용하는 것이 좋다.

플랫폼이 내 이야기를 글로 책을 만들어주는 데 큰 도움을 주는 것은 사실이지만 가장 중요한 것은 당신의 이야기를 다른 사람들과 나누고 싶은 열정과 그것을 글로 풀어쓰는 약간의 재주뿐. 어떤 플랫폼도 쓸거리를 던져주지는 않는다. 어떤 플랫폼도 당신만이 쓸 수 있는 창의적이면서 보편적 가치를 지닌 아이디어를 만들어주지 않는다. 그건 오직 당신만이 할 수 있는 일이다. 때문에 나는 책과 강연에서 늘 외친다.

당신의 이야기는 당신 속에 이미 충분합니다. 당신도 당신의 이야기를 하세요. 더 이상 다른 이의 이야기를 소비하며 삶을 낭비하지 마세요. 일상에서 일어나는 크고 작은 사건을 바라보고 왜 그 일이 일어나는지 읽어내세요, 관찰하세요. 나의 관심사가 무엇인지 알아채세요. 그렇게 되면 글이나 말로 나의 이야기를 풀어내는 건 어렵지 않습니다.

당신 스스로 쓰고 싶은 내용을 정하고 아이디어를 만들고 내용을 기획하고 마침내 한 편 한 편 쓰기에 돌입한 시점에서야 '플랫폼 찬스'를 손에 잡을 수 있다. 이 말은 곧 나만의 경험을 생각을 아이디어를 이야기로 술술 풀어낼 수 있다면 플랫폼의 종류와 상관없이 출판을 기대할 수 있다는 것이다. 신박한 콘텐츠를 선보인다면 유입 독자가 적어 구석이라 여겨지는 플랫폼에서도 눈 밝은 독자와 굶주린 출판사 편집자에게 반드시 발견된다. 특히 잘 쓴 글을 찾는 편집자의 눈은 굶주린 사자와 같다. 당신이 쓰면, 그들은 반드시 본다.

2장

글쓰기 체력을 올리는
최소한의 글쓰기

글쓰기 체력 빵점
당신을 위한 전략

"글쓰기와 책 쓰기의 차이는 뭔가요?"

글쓰기 수업에 질문을 받으면 나는 최대한 간결하게 답한다.

"글쓰기와 책 쓰기의 차이점은 하나입니다. 돈이 든다, 안 든다."

글을 쓰는 데는 돈이 들지 않는다. 노트북으로 쓰든 휴대폰으로 쓰든, 블로그에 올리든 인스타그램에 올리든 자유다. 언제든 무엇에 대해서든 자유롭게 쓰면 된다. 하지만 책 쓰기는 다르다. 실물인 책을 만들어 유통하는 것을 목표로 하기 때문에 만드는 데 적게는 기백만 원에서 평균 천만 원 정도의 제작비용이 들어간다.

만약 제작비용을 스스로 감당하겠다면 쓰고 싶은 대로 써도 된다. 자비출판의 목적은 어디까지나 본인 만족이니까. 하지만 돈 한 푼 들이지 않고 '내 책'을 내겠다면, 제작비용은 물론이거니와 홍보비용까지 내가 아닌 출판사가 지불하게 만들겠다면 출판사가 원하는 수준의 원고를 써야 한다.

출판사가 'OK' 하는 원고란 '팔릴' 원고를 말한다. 출판사는 수익을 쫓는 회사다. 지갑을 열게 하고 싶다면 당신의 글을 사고 싶게 만드는 것이 당연하지 않은가. 출판사가 비용을 투자해 책을 만들었을 때, 이 책이 잘 팔려서 본전은 물론이고 수익까지 올릴 것이라는 확신을 심어줄 수 있어야 한다.

출판사의 판단 기준은 독자다. 그러니 결국에는 독자가 읽을 책, 좋아할 책, 살 책을 써야 출판사의 돈으로 출간을 할 수 있다는 이야기다. 결국 제작비용이 책 쓰기에 임하는 자세를 결정한다.

이쯤 설명을 듣고 나면 자연스럽게 궁금증이 일 것이다. 앞서 나는 SNS 등 콘텐츠 퍼블리싱 플랫폼에 글을 쓰면 내 소소한 일상 이야기도 책이 된다고 했다. 이미 평범한 일상의 이야기를 풀어내 책으로 출간한 저자가 많으며 서가의 잘 팔리는 책 10권 중 9권이 플랫폼 출신이라고도 설명했다. 그렇다면 그렇게 쓰기만 하면 무조건 책으로 출간이 될까. 나의 대답은 '예스'다.

거듭 말하지만 나는 '국내 책 쓰기코치 1호'라는 별칭을 참으로 자랑스럽게 생각한다. 그리고 이 무게를 책임지기 위해 누구나 쉽고 빠르게 책을 쓰는 방법을 연구해왔다. 그러기 위해서는 먼저 '책 쓰기 커리큘럼'을 정리해야 했다. 목표를 달성하기 위한 체계적인 교육 계획이다.

책 쓰기 코칭 초반에는 '기획이 먼저, 집필은 그 다음' 순서였다. 예비 저자와 상의해 최종적으로 이런 내용의 책을 쓰자고 기획 내용을 먼저 다듬은 다음, 그에 맞춤한 가목차를 만들고 집필하도록 지도했다. 그런데 아뿔싸……. 예상은 크게 빗나갔다.

글을 쓸 당사자가 이런 경력을 가졌고 이런 경험을 했고 스스로 이런 글을 쓰고 싶어 해서 이를 존중한 것인데 막상 이제 써 봅시다, 하고 보니 기획 내용을 설득력 있게 글로 써내는 글쓰기 체력이 부족하거나 기획에 맞춰 써낼 실제 콘텐츠가 없거나 혹은 이 모두가 원인으로 작용하여 목표한 성과를 내기도 전에 손을 들어버리기는 경우가 속출했다. 글 쓰는 당사자도 글쓰기 코치인 나 역시도 실제 집필에 들어가기 전까지는 해당 주제에 대해 얼마나 잘 쓸 수 있는지, 또 진실로 얼마나 쓰고 싶은지 알 수 없었던 것이다.

그래서 찾은 해결책이 바로 '매일 저널 쓰기'다. 매일 최소한의 글쓰기로 기초 체력을 다져놓는 것. 그와 동시에 내가 무엇에 흥미가 있고 무엇에 대하여 쓰고 싶어 하는지 찾아가는 것. 이 모든 과정이 매일 저널 쓰기 도입으로 해결됐다.

"출판사와 계약까지 했는데 한 줄도 못쓰겠어요." 울먹이는 예비 저자들도 매일 저널 쓰기 프로그램의 도움을 톡톡히 봤다. 매일 저널 쓰기 프로그램은 당신이 책으로 펴낼 내용을 고르고 쓰는 데도 아주 큰 도움이 될 것이다. 방법은 아주 단순하다.

하나, 하나의 주제를 정해
둘, 매일 한 편씩
셋, 1,500자를 쓴다.

"하나의 주제를 정해 매일 한 편씩 1,500자를 쓴다."
딱 이 한 줄만 지키면 된다. 단, 앞으로 100일 동안 지속적
으로 지켜야 한다. 우리의 몸은 무엇인가 습관을 들이려
면 최소한 21일간은 빼먹지 않아야 한다. 21일이라는 시간
은 우리 몸에서 세포가 부활하는 데 걸리는 시간이라고 한
다. 이 때문에 술이나 담배 등 중독증을 치료할 때도 주로 21
일 동안 프로그램을 진행한다. 전 세계적으로 공인된, 새로
운 습관을 정착시키는 데 필요한 절대 시간이 바로 21일이
며 이 때문에 미국암학회의 금연 프로그램이나 심리학 박
사이자 경영 컨설턴트인 해리엇 브레이커가 진행하는 '남
을 기쁘게 해주기라는 병을 치료하는 워크숍'도 모두 21
일 과정이다.

최소한이 21일이라는 것이다. 앞으로 계속 글을 쓸 생
각이라면 몸에 밴 습관으로 두는 것이 가장 좋다. 세계 최
고의 부자 버크셔 해서웨이의 워런 버핏 회장과 점심을 함
께 하려면 점심값 외에 그 기회를 얻는 데에만 22억 원이 든
다고 한다. 워런 버핏 회장과 독대하여 성공의 기술을 배우
기 위해 기꺼이 22억 원을 쓴다는 말인데, 22억 원짜리 성공
의 비결은 단순하다.

그것은 습관이다. 당신의 고쳐야 할 습관과 친구의 좋은 습관을 메모하라. 그리고 당신의 것은 버리고 친구의 것을 당신 것으로 만들어라.

글쓰기에 매일 저널 쓰기를 도입한 것은 글쓰기 체력이 현재 '빵점'에 가까울 예비 저자들이 최소한의 노력으로 최대의 효과를 보기 위함이다. 매일 무언가를 쓴다는 건 자기를 돌아보는 습관, 생각과 느낌을 정리하는 습관, 그렇게 하여 언제나 자기 자신과 늘 함께하는 습관을 들인다는 의미이다. 앞으로 100일 가량, 주어진 주제에 대해 골똘히 생각하고 그것을 정리하는 최소한의 시간을 자신에게 허용하라. 타고난 창의력을 깨우고 잠자고 있던 의식을 깨워 가슴이 하는 이야기, 세상이 하는 이야기를 귀담아 들어라.

하루 한 장, 그리하여 100일 뒤 100장의 글이 쌓이게 되면 당신의 삶 속에서 퍼올린 사금더미는 이야기로 쓸 수 있는 소재를 정련한 금가루로 남게 된다. 금가루를 가지고 원하는 대로 모양을 만들면 그게 바로 당신만의 초고, 초벌로 쓴 원고가 되어 줄 것이다.

주제는 관념적이거나 추상적인 것보다는 당신이 잘 아는 것, 잘 하는 것 또는 말하고 싶은 것으로 정하는 것이 좋다. 그래야 지치지 않고 매일 쓸 수 있다. 미국피츠버그대학에서 교육심리학을 가르치는 로렌 레즈닉 박사도 생각을 잘 하려면 특정한 주제를 중심으로 생각해야 한다고 강조한다.

보름이든 한 달이든, 하나의 주제에 대해 매일 글을 쓰다 보면 그만큼 이야기가 넓어지고 깊어진다. 생각이 구체화되고 분명해질뿐더러 이 과정에서 좋은 생각들이 떠오르거나 만들어진다.

1,500자라고 하면 언뜻 많아 보이지만 그리 부담스럽지 않은 양이다. A4 용지 기본 서체 기준으로 한 바닥을 다 채우지 못하는 정도. 어떤 주제를 글로 표현하고 전달할 때 많지도 적지도 않은 최적의 분량이라고 할 수 있다.

대중소설의 대가 스티븐 킹 역시 무명시절부터 '매일 2,000자 글쓰기'를 철칙으로 삼고 있다. 심지어 2,000자를 채우기 전까지는 자신의 방 밖으로 나서지도 않는다. 하루 2,000자씩 3개월을 쓰면 18만 단어가 쌓인다. 그는 그렇게 매일 2,000자 글쓰기로 〈캐리〉〈샤이닝〉〈쇼생크 탈출〉

〈그린 마일〉〈미스트〉〈그것〉 등 수많은 명작을 남겼다.

분량에 맞춰 글쓰기 연습이 좋은 이유는 작가 스스로 제한된 분량 내 원하는 내용을 담기 위해 문장 표현, 전달 방법에 대해 더 연구하게 되는 데 있다. 생각해보라. 앉을 자리가 100석 밖에 없다고 하면, 자연스레 누구를 앉힐지 따져보고 고민하고 꼭 필요한 인원만 골라 채워 넣게 된다.

당장 글이 잘 써지지 않아도, 쓰려는 내용에 대해 확신이 서지 않더라도 괜찮다. 일단 쓴 다음에 고쳐 쓰는 과정에 충실하라. 주제에 대한 생각과 자료를 엮어 글로 표현하기를 반복하다 보면 필력도 다져진다. 매일 한 편씩 저널을 쓰다 보면 책으로 쓰려는 주제를 손 안의 공깃돌처럼 자유자재로 여유 있게 놀릴 수 있게 되는 큰 수확이 따라올 것이다.

에세이는 소설처럼 하나의 이야기가 통째로 전개되는 게 아니라, 모든 글을 관통하는 하나의 큰 주제를 두고 그 안에 작은 이야기가 모여 있는 방식으로 구성된다. 그러니 이렇게 매일 저널 쓰기로 한 편씩 글을 써 모아 두면 에세이로 완성되기 직전의 초고를 손에 넣을 수 있다.

넷, SNS 등의 플랫폼에 내 글을 연재하고

다섯, 이렇게 모은 원고를 다듬고 정리해

여섯, 출판용 원고로 고친다.

매일 저널 쓰기로 생각을 끌어내고 정리하기에 익숙해지면 글을 다듬어 SNS 등의 플랫폼에 포스팅하기도 그만이다. 앞서 내 이야기를 노출해 구독자가 많아지는 경우 출판사의 러브콜을 받는 행운이 따라온다고 설명한 바 있다. 물론 행운 말고도 기대 하지 못한 다양한 효과를 본다.

먼저, 생각을 끌어내고 정리하고 에세이로 표현하는 지적 생산성이 당신에게 체화된다. 생각대로 척척, 한 편의 글을 작성하고 고쳐 쓰고 발행하는 과정에 익숙해진다. 습관적으로 생각을 끌어내고 정리하는 프로세스가 당신의 뇌에 장착되는 것이다. 매일 포스팅하다 보면 내 글이 뭇사람들에게 노출됨에 민망함이 사라지고 그에 따른 맷집도 붙는다. 더 이상 대중에게 내 글을 노출하는 것이 부끄럽거나 쑥스럽지 않게 될 것이다.

매일 어김없이 한 편의 글을 쓰다 보면 당신의 SNS나 플랫폼은 이야기를 표현하고 전달하는 차원을 넘어 당신을 홍보하고 마케팅 하는 기지가 된다. 이곳을 중심으로 당신의 이야기에 반하고 영향 받는 독자들과 소통하게 되고 그러는 사이 당신의 이름 석 자가 브랜드화 되어간다.

독자와 소통하다 보면 독자가 필요로 하고 원하는 이야기에 대한 안목이 길러지고 혼자서는 생각지 못하던 이야기를 생산하게 되고, 그러면 호응하는 독자가 더욱 늘어나는 선순환이 계속된다. 이러는 사이 당신은 자신의 이야기를 글로써 표현하고 전달하는 데 익숙해지고 편안함을 느낄 것이다. 자, 어느새 당신은 팔리는 글, 읽히는 글쓰기의 고수가 된다. 그렇게 써 둔 글은 출판용 원고로 퇴고해 출판사에 투고한다. 자체 출간을 계획하고 있다면 출판 플랫폼을 이용할 수도 있다. 그렇게 당신은 한 발 한 발 작가의 길을 밟게 될 것이다.

최소한의 글쓰기 스킬 ❶
2W1H 규칙

이미 자신의 SNS에 매일 뭔가를 써서 올리는 사람들이 많을 것이다. 오늘 어디에 왔다, 오늘 무엇을 먹었다, 오늘 뭐가 재밌었다, 같은 일상적인 기록들 말이다. 자기표현 욕구가 일어났음에도 이것이 글쓰기가 아닌 일상 스케치에서 그치는 것은 글을 쓰는 데 필요한 최소한의 노력을 외면하고 싶은 심리가 작용한 것이다. 갑자기 글을 쓰라니? 뭘 어떻게?

이럴 때 제대로 된 글쓰기를 익혀 놓지 않으면 내면에서 무언가 부글부글 끓어오를 때마다 남이 쓴 책을 뒤적거리며 남이 한 말을 따다가 그대로 퍼나르게 된다. 좋은 말을 담은 책은 늘 곁에 있고, 이런 일은 그다지 수고스럽지도 않으니까. 나올 생각 않는 내 생각 한 줄을 끙끙대며 글로 쓰는 것보다, 내가 한 일을 정리하며 골치 썩기보다 이미 보기 좋게 정돈 된 다른 이의 글을 따오는 일이 훨씬 쉽고 빠르다. 대충 해도 뭔가 한 것 같아 보인다. 그런 만큼 매일 해도 그리 힘들지 않다.

유명 블로그들이 대개 그렇다. 하는 얘기를 잘 들어보면 대부분 남의 말이거나 남에 대한 말이다. 세상에 좋은 것들만 모조리 긁어 퍼다놓을 뿐 자기 생각과 자기의 이야기를 자기의 목소리로 쓴 글은 찾아보기 힘들다. 하다못해 짧은 댓글조차 자신의 이야기보다 다른 사람의 말을 퍼다놓기 바쁜 경우도 흔하다.

예전과 달리 2,000자 원고지 1,000매 가까운 원고를 거뜬하게 써낼 수 있는 비결은 다름 아닌 '복붙(copy & paste)'이라고 말하는 사람들도 있다. 하지만, 내 이야기 없이 흔한 사례와 주장, 흔한 이야기들이 사방팔방에서 다양하게 긁어모아 원고를 완성시켜 출판사에 보낼 경우, 초보 저자들이 출판사로부터 가장 많이 듣는 피드백은 "당신의 이야기가 없어요"이다.

당연하다. 예비 저자들이 쓴 많은 원고를 검토하다 보

면 그런 생각이 수없이 든다. 글을 쓴 이는 자신이 주장하려는 것에 대해 다른 이의 증언만 모아놓았을 뿐, 왜 그런 주장이 가능한지, 그 주장을 실행하기 위해 어떻게 하면 좋은지 등 핵심내용은 원고에서 빠져 있다. 자기 이야기가 없는 것이다.

그 어떤 대단한 사람의 말이나 글을 듣고 읽더라도 그것을 이해하고 삭혀 내 것으로 만들어야 한다. 그런 다음 내 스타일로 표현해야 한다. 언제까지 다른 사람의 말, 다른 사람의 콘텐츠를 소비만 하고 살 텐가. 방식이야 어쨌든 이런 식으로나마 자신의 생각을 표현하고 있다는 것은, 남에게 알려지고 싶고 인정받고 싶은 욕구가 그만큼 강하다는 것이다. 그런데 왜 내 목소리가 아닌 남의 목소리를 빌려 삐금삐금 흉내만 내야 하는가.

그럼 내 목소리를 가진 글은 어떻게 써야 하나? 이런 글쓰기가 어렵다는 사람들에게 흔히 '말하듯 쓰면' 된다고 조언하는 사람들이 있다. 일상에서 말하듯 글을 쓴다하여 잘못될 것은 없지만, 말과 글은 동일 선상에 두기에는 그 차이가 너무나 크다.

말은 상대방과 주고받는 소통 언어이다. 말 자체에 미흡

한 부분이 있어도 몸짓 언어를 곁들일 수 있기 때문에 상대방은 비언어적인 설명을 통해 모자란 뜻을 유추하거나 보충해서 알아들을 수 있다. 잘 못 알아듣거나 이상한 부분이 있으면 그 자리에서 물어보고 해소하기도 한다. 하지만 글은 다르다. 오직 글 이외에는 그 어떤 도움도 받을 수 없다. 때문에 어떤 상황에서도 독자가 작가의 의도를 바르게 이해하고 정확하게 받아들일 수 있도록 써야 한다. 글쓰기가 어려운 이유가 여기에 있다. 단순한 쓰기에서 끝나는 게 아니라 자신의 생각, 감정, 의지를 글로 담아 독자에게 전해야 하고 이를 통해 원하는 반응을 끌어내야 성공적인 글쓰기라고 할 수 있기 때문이다. 내 이야기가 매력적으로 전달되고 더욱 영향력이 커지기를 바란다면 근본적인 언어 표현을 다듬고 향상시켜야 한다.

글은 갑자기 잘 쓰게 되는 것이 아니다. 문법과 맞춤법 같은 쓰기에 대한 개별적인 공부도 근본적인 글쓰기 실력을 늘리는 데는 큰 도움이 되지 않는다. 경우의 수가 너무 많아서 일일이 배울 수도 없고 배워지지도 않는다. 하지만 글쓰기에 필요한 기본적인 규칙과 공식을 익히면 글을 쓰다 이야기가 늘어지거나 막히거나 갓길로 빠지는 등의 문제를 미리 방지할 수 있다. 이제 막 글쓰기에 도전한 당신을 위해 기본이자 핵심이 되는 글쓰기 스킬을 전한다.

첫 번째로 기억해야 할 글쓰기 스킬은 바로 내 글을 중언부언하지 않고 군더더기 없이 매끄럽게 쓰기 위한 '2W1H 규칙'이다. SNS나 글쓰기 플랫폼에서는 내 이야기를 얼마든지 무제한으로 털어놓을 수 있다. 1,000자를 쓰든 10,000 자를 쓰든 그 분량이 얼마가 됐든 쓰는 사람 마음이다. 이 글이라는 것은 쓰면 쓸수록 마음이 후련해지는 배설 효과가 있어서 지칠 때까지 쓰는 경우도 많다. 이런 경우 글쓴이 스스로 마음 치유나 자기만족으로는 큰 효과를 보지만, 읽는 사람을 배려한 글쓰기라고는 할 수 없다.

모든 것을 죄 쏟아내면 독자는 시시콜콜한 내용에 압도되어 끝까지 읽기가 괴로워진다. 또 내키는 대로 대강대강 써버리면 내용이 부실해 외면 받고 만다. 그 누구도 읽지 않는 글이라면 아무리 부지런히 열심히 쓴들 무슨 소용이 있을까. 특히나 온라인 공간에서는 '짤방' 혹은 '움짤'이라고 해서 1초 만에 보고 넘겨버리는 콘텐츠가 일색이다. 긴 글은 '폭력'으로 간주되고 읽히지도 않는다.

그렇다고 무조건 짧게 쓴다면 될까? 긴 문장보다 짧은 문장이 더 잘 읽히는 것은 사실이다. 하지만 문장력보다 더 첫 번째로 고려되어야 하는 것은 글의 구조다.

뻔한 내용도 재밌게 전달하는 사람이 있고 충분히 재밌는 내용인데도 뻔하게 전달하고 마는 사람이 있다. 이 둘을 가르는 기준은 이야기를 하는가, 아닌가, 이다. 내키는 대로 쏟아낼게 아니라 흥미롭고 재밌게 이야기를 끌어가야 한다.

그러기 위해서는 '이야기 구조'가 필요하다. 이야기 구조란 사안이나 사건을 있는 그대로 나열하기보다 각각의 이슈를 전후 관계로 인과관계로 엮어 맥락을 완성하고 의미를 부여하는 것을 말한다. 쉽게 말해 집을 지을 때 설계도가 필요하듯, 글에도 설계가 필요한 것이다. 이야기 구조를 갖춘 글은 독자의 흥미를 자극하고 관심을 지속한다.

결국 공감을 불러일으키고 공유되어 영향력을 발휘하고 매력을 발산하는 콘텐츠는 이야기 구조를 가지고 있다. 이야기 구조를 접하면 독자는 스스로 의미를 조명하고 영감을 받는다. 그러므로 이야기 구조는 독자의 마음을 움직이는 최고의 방법이다. 이야기구조는 전통적으로 '서론-본론-결론' 구조와 '기-승-전-결' 구조가 애용되었다. 하지만 지금은 다들 바쁘고, 잠시 잠깐이라도 집중하여 읽으려 하지 않고, 필요에 닿지 않으면 거들떠보지도 않는다. 이러한 독자 상황에 맞는 이야기 구조는 2W1H이다.

하나, WHAT……이 글은 '무엇'에 대하여 말하고 있는가?
둘, WHY……이 글은 '왜, 어째서' 그런지 이유와 근거를 설명하는가?
셋, HOW……이 글은 '어떻게' 하라고 구체적인 방법을 제시하는가?

2W1H 구조는 2개의 W인 WHY, WHAT와 1개의 H인 HOW 세 가지 요소로 구성된다. 이는 가장 간결하면서 가장 논리적이면서 설득력 있는 최소한의 구조다. 어떤 이야기를 글로 쓰고자 할 때 세 요소의 질문에 각각의 답을 쓰고 나면 내가 무엇에 관하여, 어떤 이야기를, 왜 하고자 하는지 의도와 주제가 쉽고 정확하게 정리된다. 잘 읽히는 글들은 WHY, WHAT, HOW 세 요소 전부 갖춰 이야기하거나 이 가운데 한 요소만으로 혹은 두 요소를 엮어 이야기를 만든다. 정보를 전달하거나 설명, 설득하는 경

우는 2W1H를 모두 사용하고 느낌을 공유하는 정도의 글은 WHY, WHAT만으로 충분하다.

하나, WHAT……이 글은 '무엇'에 대하여 말하고 있는가?
이 글은 싱글 여성이 성공적인 커리어, 경제적 자유, 자아실현이라는 세 마리 토끼를 잡으려면 자기 자신에게 투자해야 한다고 주장한다.

둘, WHY……이 글은 '왜, 어째서' 그런지 이유와 근거를 설명하는가?
우연이나 행운으로는 성공을 얻을 수 없기 때문에, 통솔이 불가능한 외부 요인에 기대기보다 가장 잘 알고 움직일 수 있는 나 자신에게 투자하는 것이 현명하다고 독자를 설득한다.

셋, HOW……이 글은 '어떻게' 하라고 구체적인 방법을 제시하는가?
내가 원하는 나를 만드는 투자 솔루션 '베트미 bet me'를 제안하고 그대로 자신에게 투자하라고 권한다. 그리고 실제로 자기 자신에게 투자해 자기 삶을 원하는 대로 만든 여자들의 성공적인 예를 소개한다.

주목을 끄는 첫 단계는 2W1H로 정리한 요소 가운데 가장 흥미로운 것을 맨 앞에 배열하거나 혹은 흥미를 끌만한 새로운 내용을 추가하는 것이다. 마지막 단계에서 원하는 반응을 끌어내고 싶다면 이야기를 마치며 독자에게 하는 당부나 권유 주장을 담는다.

〈스타워즈〉〈인디아나 존스〉 시리즈로 유명한 미국의 영화감독이자 제작자 조지 루카스는 플롯 즉, 이야기 구성법을 5단계로 정리했다. 어느 이야기 구조에나 적용할 수 있는 유용하고 유연한 정리법이다. 지금부터 한 청년의 이야기를 들려줄 테니 각 부분이 어느 단계에 해당하는지 가늠해보자.

1단계: 고향을 떠남 (모험의 시작)
2단계: 어려움을 만남 (고난)
3단계: 목적을 알게 됨 (도전)

4단계: 먼 곳에서의 전투 (절정)

5단계: 먼 곳으로부터의 귀향 (성취)

　여기 청년 백만장자인 포커 챔피언이 있다. 그는 열여섯 살 때 포커에 입문해 열아홉에 세계 정상 포커 챔피언이 되었다. 그 무렵, 포커에 흥미를 잃어버린 그는 2015년 실리콘밸리의 유명 프로그래밍 코딩 코스에 들어갔다. 일주일에 80시간씩 공부하며 두 달 만에 다른 수강생들을 앞질렀다. 하지만 그의 나이는 이미 스물여섯이었고, 열 살 때부터 코딩을 시작한 스무 살짜리 엘리트들과 경쟁해야 했다. 포커 챔피언이라는 특이한 이력도 코딩 경험이 1년 미만의 이력서의 공란을 채워주진 않았다. 스무 군데 지원한 회사에서 모두 퇴짜를 맞은 건 어찌 보면 당연한 결과였다.

　자신감을 완전히 잃어가던 중, 소개를 통해 겨우 면접 기회를 잡았다. 그리고 그 면접에서 바로 합격했다. 그는 생각했다. 면접 기술을 연마하면 부족한 '스펙'을 채울 수 있을 것이라고. 그는 그때부터 면접의 기술을 연마했다. 어떻게 하면 빠른 시간 안에 짧은 말로 면접관들에게 내가 이 회사에 꼭 필요한 사람이라는 확신을 줄 수 있을까, 골몰했다. 그렇게 면접 기술을 갈고 닦은 결과, 면접을 본 회사 중 엘프라는 회사가 10만 5,000달러의 연봉을 제안했다. 하지만 그는 한 번에 승낙하지 않았다.

실리콘밸리에서는 인재에 대한 소문이 빨리 퍼진다. '면접을 대단히 희한하게 잘 보는 사람'이 등장했다는 소문이 돌면서 그가 꿈꾸던 구글에서 입사 제의가 들어왔다. 구글에서 제시한 연봉은 16만 2,000달러였다. 뒤이어 에어비앤비가 무려 22만 달러의 연봉을 제시했다. 구글은 다시 액수를 높였고 이에 질세라 에어비앤비 역시 급여, 입사 보너스, 주식을 합하여 25만 달러를 제시했다. 그는 자신의 면접 비결에 대하여 이렇게 말했다.

자신을 이야기 속에 주인공이라 생각하고 시작, 중간, 끝이 있는 이야기를 만들어요. 다른 등장인물로 누가 나오는지, 이야기의 하이라이트 혹은 변곡점이 어디인지 듣는 사람이 쉽게 이해할 수 있어야 해요. 가능한 한 짧게 만들되 흥미로운 요소를 장치하세요.

우리는 별 볼일 없는 이력으로 실리콘밸리의 혜성이 된 하십 쿠레시의 이야기를 통해 이야기 구조의 중요성을 실감할 수 있다. 이야기 구조는 사람들이 이야기에 집중하도록 호기심을 자극하고 궁금증을 자아내 마침내 당신 앞에 붙들어 놓는 데 성공하게 된다.

작가의 목적은 내 글을 세상에 출간하는 것이다. 그리고 수고와 노력에 대한 마땅한 보수를 받으려면 독자 입장을 고려해 '읽힐 만한' 이야기를 끄집어내야 한다. 자기만족으로 그칠 것이라면 몰라도 당신의 이야기가 매력적으로 어필되길 바란다면 독자가 찾아 읽고 싶은 마음이 들게끔 써야 한다. 공감을 끌어내고 영향력을 발휘하는 수준까지 글을 쓰고 싶다면 최소한의 글쓰기 스킬은 필수다. 그다지 어려울 것도 없으니 흐름을 이해하고 조금만 익히면 내 것으로 만들 수 있다.

최소한의 글쓰기 스킬 ❷
EASY 공식

이야기 구조를 이해했다면 이제 내 글을 좀 더 매혹적으로 쓰기 위한 비법을 소개한다. 쉽게 Easy, 매혹적으로 Attrative, 간단명료하게 Simple, 맛있게 Yammy로 각 영어 단어의 첫 글자를 따서 'EASY 공식'이라 부른다. 이 공식은 당신의 이야기를 담은 문장이 독자에게 '순간 인식' 되도록 돕는다. EASY 공식을 준수하면 어떤 이야기도 핵심을 빠르게 전달하여 원하는 반응을 빠르게 얻어낼 수 있다. 언제든 '이기는 글쓰기'를 할 수 있는 것이다.

하나, 쉽게! Easy!

글은 읽기 쉬워야 한다. 쉽다는 것은 보는 순간 한 번에 이해가 된다는 뜻이다. 이해가 잘 되는 글은 빠르게 읽힌다. 흔히들 '가독성이 좋다.' '술술 읽힌다.'고 칭찬하는 글이 바로 쉬운 글쓰기의 매력을 살린 글이다.

읽고 나서 무슨 말인지 바로 알 수 없어 두 번, 세 번 같은 문장을 되뇌어야 한다면 독자는 피로를 느끼게 된다. 무엇보다 읽고 나서 이게 무슨 말이지? 고민하게 만드는 것 자체가 이미 실패한 문장이다.

독자 입장에서는 어려운 문장을 끌어안고 끙끙댈 이유가 없다. 놀 거리 볼거리가 없어 해독과 해석에 많은 시간을 들였던 옛 시절이라면 모를까. 글을 거의 이미지처럼 '캡처'해서 보는 요즘 독자에게는 통하지 않는다.

한 사람이 웹페이지를 읽는 데 할애하는 시간은 4초 내외다. 4초라면 25자 내외의 문장 한 줄 정도. 한 편의 글도 1,500자 내외로 짧게 써야 한다는 계산이 나온다. 분량이 짧으면 독자는 당신의 이야기를 읽기 쉽다고 여긴다.

읽기 쉽다고 해서 쓰기도 쉬운 것은 아니다. 읽기 쉬운 글이 되려면 문장이 완전해야 한다. 주어와 술어, 목적어 등 성분이 각각 제자리를 지켜야 쉽고 빠르게 읽힌다. 한 가지 팁은 주어는 사람일 때 가장 쉽게 읽힌다. 글을 읽는 주체가 사람이기 때문이다.

둘, 매혹적으로! Attrative!

글은 읽혀야 한다. 그것도 끝까지 읽혀야 글 쓴 의도가 온전히 전달되고 의도한 반응을 끌어낼 수 있다. 억지로 읽는 글은 끝까지 읽기 어렵다. 읽을수록 빠져들어 단숨에 읽게 만들어야 하는데, 이 비결의 핵심은 궁금하게 만드는 것이다.

이야기 문장을 쓰면 호기심을 자극하고 궁금증을 자아내는 매혹적인 글을 쓸 수 있다. 내용 사이사이 뒷이야기를 읽지 않을 수 없도록 이야기 문장을 추가하는 것이다.

책을 쓰면 인세 외에도 돈을 벌 수 있는 기회가 많이 생긴다. 나는 2005년에 첫 책을 썼다. 책을 출간하자 여기저기 강연에 초대됐다. 한 번에 100만 원이 넘는 강연료를 받기도 했다. 책을 쓰기 전에는 상상조차 못해본 일이었다.

이 내용에 이야기 문장을 포함하여 써보자.

책을 쓰면 인세 외에도 돈을 벌 수 있는 기회가 많이 생긴다. 나는 2005년에 첫 책을 썼다. 당시에는 그 책이 내게 얼마나 큰 행운을 가져올 지 짐작조차 하지 못했다. 책을 출간하자 여기저기 강연에 초대됐다. 한 번에 100만 원이 넘는 강연료를 받기도 했다. 책을 쓰기 전에는 상상조차 못해본 일이었다.

단순하게 사실 관계만 늘어놓았을 때와, '큰 행운'의 정체를 먼저 말해 궁금증을 유발한 뒤 이야기를 풀어놓을 때, 어느 쪽이 더 빠르게 읽히는가. 궁금한 내용이 뒤에 숨겨진 쪽이 더 빠르게 읽히기 마련이다. 같은 내용에 '당시에는 그 책이 내게 얼마나 큰 행운을 가져올 지 짐작조차 하지 못했다.'는 문장 하나만 추가되었을 뿐인데 몰입도에 차이가 생겼다. 큰 행운? 무슨 일이지? 궁금증이 생기면서 다음 단락을 읽고 싶은 욕구가 생기는 것이다.

셋, 간단명료하게! Simple!

짧게 쓰는 것과 단순하게 쓰는 것은 다르다. 짧게 써도 얼마든지 안 읽히고 복잡할 수 있다. 어려운 단어, 전문용어들은 아무리 짧게 써도 쉽게 받아들여지지 않는다. 단순하게 쓴다는 것은 간단한 단어와 평이한 문장으로 쓰는 것을 의미한다. 복잡하고 어려운 내용도 단순하게 쓰면 이해가 빨라진다. 에두르지 않고 직접적으로 표현해야 쉽다.

수동적인 표현, 형용사 및 부사를 이중 삼중으로 사용한 문장 수식들은 잘 읽히지 않고 빠른 이해를 방해한다. 문장 하나에 여러 가지 의미를 담아도 어렵게 여겨진다. 문장은 한 번에 하나씩 의미를 전달하는 것이 좋다.

넷, 맛있게! Yammy!

글은 모름지기 맛있게 읽혀야 한다. 그래야 한 줄 한 줄 잘 읽히고 그렇게 읽다 보면 두꺼운 장편소설 한 권도 어느새 뚝딱 읽힌다. 짧기만한 글, 단순하기만한 글은 자칫 아무 간도 하지 않은 요리처럼 슴슴하게 느껴질 수 있다. 이때

필요한 것이 맛있게 표현하는 기술이다.

중간 중간 독자의 호흡을 환기하고 흥미를 유발할 대화를 넣고 사례도 포함해보라. 그러면 글로써 표현하려는 상황이 생생하게 살아난다. 구구절절 설명으로 밀어붙이기보다 해당 상황을 하나의 장면으로 보여주는 게 좋다. 그러면 글맛이 점점 살아난다.

지금까지 쉽게 Easy, 매혹적으로 Attrative, 간단명료하게 Simple, 맛있게 Yammy, 내 글을 더 매혹적으로 쓰기 위한 4가지 기본 규칙을 담은 EASY 공식을 소개했다. 앞에서 언급했듯, 이런 규칙을 그저 아는 것만으로는 글이 저절로 잘 쓰게 되지 않는다. 이런 규칙을 반영해 실제 글쓰기 경험이 축적될 때, 비로소 실력이 붙는 것이다.

글쓰기 기술이나 기교를 배우는 것보다는 하루 한 편, 글쓰기를 무한 반복할 때 이렇게 써야 하는 구나, 이러면 안 되겠구나 하는 감각을 익힐 수 있다. 아울러 잘 쓰인 많은 글을 읽으며 이렇게 쓰면 좋겠다, 이런 글은 쓰면 안 되겠다, 하는 자각을 많이 할수록 안목이 높아진다. 읽는 눈이 높아야 내 글도 잘 고치고 잘 쓸 수 있게 되는 것이다.

결론은, 일단은 자주 쓰고 많이 쓰자, 잘 쓴 글을 많이 읽자, 이다. 실은 이것이 글 잘 쓰기 비법의 전부이다. 당신의 이야기를 쓰는 데, 독자의 반응을 끌어내는 데 필요한 모든 것이 이 두 가지 방법으로 요약된다.

최소한의 글쓰기 스킬 ❸
퍼스널 에세이 쓰기 노하우

서점에도 유행이 있다. 최근 몇 년 강세를 보이는 분야는 당연 에세이다. 그것도 '나'의 이야기를 다룬 퍼스널 에세이가 잘 팔린다. 교보문고 측은 이런 현상에 대해 "각박한 경쟁 사회에서 쏟아지는 정보 서적에 싫증난 독자들이 자아 성찰, 자기표현, 상처 치유 등의 이유로 '나'의 감정과 생각을 정리하는 시간을 필요로 하고 있으며 그러한 시간으로 독자들을 이끌어주는 매개체로 에세이를 선택하고 있다"는 분석을 내놓았다. 경희대학교 이택광 교수와 소설가 장강명은 한 시사 프로그램에서 지금의 서점가 분위기가 형성된 배경에 대해 다음과 같은 대화를 나누었다.

이택광 : '에세이 열풍'이라고들 하는데 생각해보면 에세이가 약세였던 적은 한 번도 없습니다. 항상 강세였죠.

장강명 : 에세이 서가를 살펴 보면 소소한 소재나 일상 얘기를 하는 공감형 에세이가 눈에 띕니다. 《죽고 싶지만 떡볶이는 먹고 싶어》흔 | 2018년 6월 《하마터면 열심히 살 뻔했다》웅진지식하우스 | 2018년 4월 《아무것도 안 해도 아무렇지 않구나》놀 | 2018년 9월 《빵 고르듯 살고 싶다》휴머니스트 | 2018년 6월 뭔가 일맥상통해요. 가볍게 살자, 이런 식인 것 같아요. 우리가 중수필이라고 부르는 에세이와는 말하기 방식이 다르죠. 이 사회가 이렇게 바뀌어야 된다, 이런 얘기에 지쳤다고 할까. 사회가 어떻게 되는지 모르겠고 일단 너무 아파서 위로를 받고 싶다, 그런 분들을 겨냥한 책이 아닐까 하는 생각을 했습니다.

이택광 : 저도 동의합니다. 우리가 중수필이라고 하는, 전문가들이 약간 무게 잡고 쓴 수필보다 일반인들이 자기의 어떤 아픔들을 솔직하게 이야기하는 에세이라든가, 트위터라든가 이런 SNS 같은 데 소소하게 기록하는 것들

을 모아서 책으로 묶었을 때 호응을 받는 경향이 돋보이고 있습니다.

내가 가장 잘 쓸 수 있는 글은 당연히 '내 이야기'일 것이다. 그런데 이게 시장에서도 가장 잘 통하고 앞으로도 계속 통할 것이라니, 이제 글쓰기를 시작하는 작가에게는 발 구르기 좋은 멍석이 깔린 것과 다름없다.

에세이는 보통 250쪽 내외의 쪽수이며 40편 내외의 단편으로 구성된다. 한 호흡으로 하나의 이야기를 써내려 가는 것이 아니니 한 편 한 편 글을 쓴 다음 그 글을 엮어 책으로 내는 일은 그다지 어려운 일도 아니다. 형식도 다른 글쓰기에 비해 자유롭다. 그렇다면 에세이는 어떤 글인가. 흔히 에세이라고 하면 학창 시절, 교과서에서 본 한마디를 반사적으로 떠올린다.

수필은 붓 가는 대로 자유롭게 쓰는 글이다.

여기서 말하는 '붓 가는 대로'란 내키는 대로, 아무렇게나, 라고 받아들여지는 경우가 많다. 그러나 실제 에세이는 읽고 싶게 쓰인 글, 읽기 쉽게 쓰인 글을 뜻하는 보편적인 산문 양식을 말한다. 진정한 의미의 자전적 에세이는 개인적인 경험담을 이야기 구조에 맞춰서 쓴 글을 말한다. 내 이야기라 하더라도 구조를 갖춰야 하며 형식을 가지고 있어야 한다. 그리고 애초에 그렇게 쓰는 방식을 습관들이는 것이 가장 중요하다.

SNS에 쓰는 글은 우선 쓰고 싶은 대로 써도 괜찮다. 하지만 책에 실린 글은 독자들이 한 편 한 편 돈을 지불하고 산다는 걸 잊어서는 안 된다. 더 이상 작가 혼자만의 글이 아니기 때문에 특정한 기준을 요구한다는 것이다. 기준을 판단하는 가장 쉬운 방법은 그저 사적인 경험을 나열한 것에 그쳤는가, 아닌가, 스스로에게 묻는 것이다.

여기에서 '에세이는 보통 저자 개인의 이야기를 담아내는 것 아닌가요?' 반문하는 이도 있을 것이다. 여기서 핵심은 내용이 아니라 방식이다. 개인의 이야기를 하는 것은 좋지만 그저 단순하게 경험을 늘어놓기만 해서는 그 어떤 감동이나 울림도 줄 수 없다.

여기서 강조하는 것은 '사적인 이야기를 글로 책으로 쓰면 안 된다'는 것이 아니라, 사적인 이야기도 어떻게 다듬느냐에 따라 개인의 이야기를 넘어 만인에게 유용한 콘텐츠가 될 수 있다는 가능성을 잊지 말란 것이다. 당신이 엮어낸 당신의 경험이 독자를 매혹할만한 메시지를 반영하고, 독자들이 이 메시지를 수긍하고 납득한다면 당신의 이야기는 이미 당신을 넘어 보편적인 가치를 갖게 된다. 정리하면, 당신의 사생활을 쏟아내느라 급급할 게 아니라 당신의 사생활이 당신만의 어떤 특별한 메시지를 전하기 위해 동원되는지를 제대로 파악해야 한다는 이야기이다.

자신에게만 의미 있는 글에서 벗어나 많은 이가 공감하는 에세이를 쓰고 싶다면 이제부터 '3찰 포맷'을 기억하라. 관찰-성찰-통찰 포맷으로 이야기를 정리하여 1,500자로 표현하는 글쓰기 공식 중 하나이다.

하나, 관찰하기

살면서 겪은 일을 단순히 쓴다면 그건 에세이가 아니라 체험수기에 머물고 만다. 쓰고 싶은 경험 가운데 하나를 골라 그것에 초점을 맞춘다.

둘, 성찰하기

하고 많은 일들 가운데 왜 그것을 골라 글을 쓰고 싶었는 지를 생각하라. 그리고 그 경험에 대해 느끼고 생각한 과 정을 공유한다.

셋, 통찰하기

성찰의 과정 끝에 당신이 발견한 의미나 가치를 간결하 게 정리하라. 그리고 그것을 독자에게 최대한 쉽게 설명 하라.

내 이야기는 그 자체로 나에겐 너무 친밀하고 익숙하 여 자칫 모든 이야기가 끊임없이 앞뒤 없이 이어지기 쉽다. 머릿속에 그리던 수려하고 빼어난 문장과는 너무나 먼, 뜬 구름 잡는 이야기만 하다가 서둘러 끝을 맺곤 한다. 이를 예 방하고자 이야기의 구조를 바로 잡기 위한 글쓰기 공식 과 기본 규칙을 미리 살펴보았다. 이야기의 가장 중요한 핵 심이 무엇인지, 뼈대가 어디인지 바로 알고 출발하면 적어 도 엉킨 실타래의 실마리를 찾지 못해 어디부터 풀어야 할 지 모르고 헤매는 난감한 상황은 방지할 수 있다.

쓰고 싶은 내용에 이야기 구조를 반영하는 것은 쓸거리를 만드는 작업이고, 이렇게 쓸거리를 먼저 만들면 그것을 문장으로 풀어쓰는 일은 하나도 어렵지 않다. 하지만 글을 쓰려고 하면 일단 쏟아내고 보는 버릇은 수월한 글쓰기에 걸림돌이 되므로 바로잡고 가야 한다. 다행히 이 버릇을 바로 고칠 수 있는 비결이 있다. 단순하고 간단하다. 일단 넘치게 쓰고 쓴 것을 고치고 다듬는 방식이다.

1단계: 쏟아내기

2단계: 정리하기

3단계: 다듬기

1단계는 '쏟아내기'다. 말 그대로 하고 싶은 말을 생각나는 대로 모두 뱉어내는 것이다. 방법은 간단하다. 주제를 정히고 관련하여 하고 싶은 말을 생각나는 대로 모두 문장으로 쏟아낸다. 주제와 관련하여 수집해둔 자료가 있다면 함께 덧붙이는 것도 좋다. 이때, 글을 덜어내거나 지울 생각은 하지 않는다. 생각이 한 방울도 남지 않을 때까지 쏟아낸다는 마음으로 마음껏 뱉어낸다. 처음부터 끝까지 호흡을 유지하길 권한다.

2단계는 '정리하기'다. 두서없이 쏟아낸 생각과 이와 관련된 자료를 이제 앞뒤구색에 딱딱 맞게 정리해야 할 차례다. 이 작업을 수월하게 하기 위해 우리는 이미 이야기를 구성하는 기초이자 기본 규칙인 '2W1H 이야기 구조'의 법칙을 익혔다. 쏟아낸 생각과 풀어놓은 자료를 WHAT, WHY, HOW 구조에 맞춰 배치하고 정리한다. 이야기의 연결 부분이 자연스럽지 못하다거나 내용에 미흡한 부분이 있다면 보충하거나 추가하는 과정을 거친다.

마지막 3단계는 다듬기다. 2W1H 요소로 정리한 이야기를 더 자연스럽게 읽히도록 다듬어 정리한다. 이야기 포맷은 주목을 끌고 Attention 핵심을 전하고 Point 원하는 반응을 요청 Call to action하는 것으로 이미지로 표현하면 이렇게 표현할 수 있다.

그동안 출판은 출판사가 저자를 택하는 절대적 권리를 행사했다. 대신, 출판사에서는 유능한 편집자가 저자가 써온 날 것의 내용을 매만져 상품으로 가공했다. 덕분에 완성도 역시 높았다. 하지만 다양한 플랫폼을 활용하여 자비출판, 주문출판, 독립출판 등의 모델로 출간의 기회가 대폭 확증되면서 온갖 내용물이 책에 담기고 지극히 사적인 이야기들이 성공 스토리로 포장되어 쏟아지는 상황이다.

민낯에 파자마를 입은 사생활이 고스란히 글로 사진으로 인쇄되어 책으로 만들어진다. 누구 하나 내용물을 가려내고 매만지는 데는 투자 하지 않은 모양새가 여실히 보인다. 이렇게 저자가 쓰고 싶은 대로 쓰고 비용을 들여 출판하는 책들을 우리나라에서는 자비출판이라고 하지만, 영어권에서는 이렇게 부른다. 배니티 vanity. 자만심과 허영심을 뜻하는 단어다.

대중은 그렇잖아도 인터넷이며 방송에서 연신 터져 나오는 사생활 공개 예능에 시달린다. 책에서까지 누군가의 민낯의 사생활과 만나고 싶어하지 않는다. 독자가 외면하는 책은 팔리지 않는 것이 당연하다. 사생활을 시시콜콜 털어놓은 책이 체험 수기라면 자전 에세이는 사생활을 유용한 콘텐츠로 변환하여 의미를 보탠 것을 말한다.

그동안은 내로라하는 저자들이 출판계를 석권했다. 그런데 요즘엔 그런 저자가 쓰는 책들이 그리 잘 팔리지 않는다. 대신, 나와 입장이 비슷한 사람의 경험을 공유하는 책을 좋아한다. 나도 한 번 해봐야지, 저 사람도 하는데, 하는 마음이 들게 하는 책을 사서 읽는다.

요즘 독자들은 '나를 따르세요', '내가 최고에요'라는 식의 마초형 전문가나 모든 것에 통달한 척하는 사람이 쓴 책보다는 한 발 앞서 경험한 선임, 혹은 언니나 친한 동네 형처럼 세심하게 살피고 알려주는 글을 읽고 싶어 한다. 잘 만들어진 자전 에세이는 책을 읽은 독자에게 지적인 만족감보다 기분 좋은 목욕을 마친 후의 온기처럼 오래 남는 감동을 주는 법이다. 일시적인 흥분이 아니라 삶이 들려주는 소박한 이야기를 접하며 자신의 문제를 돌아보게 하고 해결책을 모색하게 하고 행동하게 한다.

3장

글감 찾기로 시작하는
실전 글쓰기

책 쓰기 첫걸음은
글감 찾기부터

"나도 책을 쓸 수 있을까요?"

이렇게 묻는 예비 저자의 표정은 무척 조심스럽다. 보통 사람들의 책 쓰기를 선동하고 독려해온 나는 그런 예비 저자들에게 이렇게 말한다.

"당연하죠. 쓸거리를 찾으면 글쓰기는 어렵지 않아요."

이렇게 큰소리칠 수 있는 것은 그게 사실이기 때문이다. 사람은 그게 누구든 반드시 쓸거리를 가지고 있다. 그게 무엇인지만 찾게 되면 글은 자연스럽게 써진다. 우리는 살면서 많은 경험을 한다. 경험은 그 자체로, 또는 그 경험이 낳은 다양한 성취로, 혹은 그 과정에서 일어난 생각과 느낌으로, 내면에 차곡차곡 저장된다. 글쓰기란 결국 내 속에 나만의 것으로 내장된 그 데이터를 끄집어내 정리하고 정돈하고 정련하는 과정이다. 내가 지금까지 해온 일이 이 기술을 익히게 돕는 것이기 때문에 확신을 가지고 말할 수 있다.

전문가들 역시 소설이든 시나리오든 글쓰기를 할 때 쓸 거리를 자신 안에서 찾으라고 충고한다. 쓰려는 자 안에 쓸 거리가 이미 충분하니 잘 뒤져보라는 것이다. 미국 할리우드에서 시나리오 창작을 가르치는 마이클 래비거는《작가의 탄생》커뮤니케이션북스 | 2006년 9월에서 이렇게 말했다.

자신의 삶 속에 일어난 사건들의 인과관계를 찾아내고 마음 속 깊게 자리 잡은 관심사가 무엇인지 이해하게 되면 그것을 글로 표현하기란 그리 어렵지 않다.

그는 이러한 자기탐색이 "자신의 내면으로 문을 열고 들어가 기억이나 경험이나 무의식 등과 조우하는 과정"이며 이를 통해 자신을 더 잘 이해할 수 있게 된다고 말한다.

또 "자신의 이야기를 글로 쓰면서 과거의 삶에서 일어난 일들이 바로 자신만의 독특한 감수성을 형성한다는 것을 알게 된다. 그 감수성이 바로 세상에서 일어나는 수많은 일들을 당신만의 독특한 시각에서 이해하는 도구가 된다"며 창작하는 사람은 모두 자신의 이야기부터 쓰기 시작하라고 권한다.

좋은 예를 남긴 이가 그리스를 대표하는 소설가이자 시인 니코스 카잔차키스다. 그의 자서전에는 어릴 때의 에피소드가 아주 세세하게 묘사되어 있다. 세 살 때 맡았던 어느 여인의 체취, 별을 처음 본 순간, 1년 내내 말린 포도가 폭우에 휩쓸려간 순간 등이 또렷한 기억을 바탕으로 서술되어 있다. 그는 이처럼 사소하기 짝이 없는 기억들을 책에 써내려간 이유에 대해 "꿈에서 본 것처럼 하찮아 보이는 작은 사건들이 어느 정신분석가보다도 내 영혼의 민얼굴을 잘 드러낸다고 믿기 때문이다"라고 밝혔다. 당신과는 먼 이야기처럼 느껴지는가?

이나연 씨는 쌍둥이 자녀를 둔 워킹맘이다. 쌍둥이 남매를 출산하고 육아휴직 후 회사에 복귀하면서 회사와 집을 쳇바퀴 돌듯 오가는 일상에 변화를 주고 싶었다. 그래서 시도한 것이 출퇴근 시간에 책 읽기. 읽은 책이 늘어나자 기록을 남기고 싶어 블로그를 시작했다. 틈틈이 일상 이야기도 곁들였다. 어느 사이 블로그에 공개된 육아 일기, 쌍둥이 남매의 성장 일기에 공감을 느끼는 블로그 이웃이 많이 생겼다.

워킹맘들이 가장 많이 퇴사하는 초등학교 입학 시기. 그는 쌍둥이 남매를 초등학교에 보내면서 딱 두 배의 경험을 했다. 그는 이 과정도 하나하나 블로그에 공개했다. 입학 준비는 어떻게 시키는지, 생활 습관과 공부 습관은 어떻게 관리하는지, 독서 습관은 어떻게 잡아주는지……. 워킹맘뿐 아니라 엄마라면 누구나 궁금해 할 주제에 대해 글을 쓰고 꾸준히 포스팅했다. 이웃들의 관심은 나날이 커졌고 인기 블로거가 된 어느 날에는 출판사에서 출간 제안까지 받았다. 그가 그간 썼던 글을 추려서 담은 것이 바로《워킹맘을 위한 초등 1학년 준비법》글담 | 2019년 12월이다.

복만두 씨는 부동산 투자에 눈뜬 지 5년차 직장인이다. 싱글우먼인 그는 준비된 싱글이라 은퇴나 노후가 두렵지 않다. 이미 자신 소유의 집이 있기 때문이다. 싱글이라 두려운 게 아니라, '준비 안 된' 싱글이라 두렵다는 것이 그의 소신. 혼자서도 괜찮은 삶을 살고 싶다면 연애보다 확실한 부동산 투자를 하라고 제안한다.

실제로 그는 구조조정으로 강제 퇴사의 위기를 겪었지만 부동산 투자를 시작한지 3년 만에 연봉의 10배를 벌었다. 그러자 다들 그의 수완과 비법에 대해 궁금해했다. 부동산 재테크 커뮤니티에서 강연하며 노하우를 공유하자 출판사에서도 눈독을 들여 출간 제안을 했다. 그 이야기를 묶어 출간한 책이 《나는 차라리 부동산과 연애한다》21세기북스 | 2020년 2월이다.

조경임 씨는 심장이 아픈 이들을 만나는 게 일이다. 심장내과전문의이기 때문. 그는 가슴이 아프다며 진료실을 많이 찾는 젊은 환자들을 접하고 스트레스로 인한 조기화병을 연구하기 시작했다. 조기화병이 무기력, 우울증, 자살충동, 공황장애 등 심각한 결과를 초래한다는 사실을 목격하고 그만의 조기화병 처방전을 만들었다. 이름하여 '하트 레시피'다. 고장 난 심장을 튼튼하게 만들어줄 자세하고 자상한 레시피를 진료실 안팎에 보급했다. 훗날 이 레시피는 《내 심장 사용법》21세기북스 | 2019년 4월이라는 제목의 책으로 출간됐다.

김원배 씨는 현직 교사로 학교 현장에서 학생들의 고민과 학부모의 고충을 들었다. 진로진학상담교사로서 학교 안팎에서 많은 학생들을 만나 진로 상담을 도왔다. 그리고 인공지능, 로봇 기술을 기반으로 하는 4차 산업혁명 시대에 살아가는 청소년기 학생들과 아이의 장래를 고민하는 학부모의 어려움을 해소하는 프로그램을 개발하여 학생, 학부모와 공유하는 활동을 함께 했다. 이렇게 차곡차곡 쌓인 콘텐츠는 《청소년을 위한 진로멘토링 38》한국경제신문i | 2019년 6월라는 책으로 출간되기에 충분했다.

지금 소개한 저자들은 우리 주위에서 자주 만나는 이웃들 중 한 사람이다. 그러나 대부분의 사람들이 '이야기 쓰기'는 내 영역이 아니라는 생각에 묶여 있는 동안 이들은 자신들의 이야기를 세상에 꺼냈다. 그 이야기는 책으로 출간됐으며 많은 독자가 그들의 이야기를 읽고 환호했다.

이렇듯 우리 주변에서, 역사에서 자신 안을 탐색해 글을 쓴 작가들은 무수히 많다.

이야기가 있다는 것은 그 이야기가 만들어진 하나의 세계가 있다는 의미다. 자신만의 세계에 두 발을 디디고 선 사람은 뿌리 깊은 나무처럼 여간한 바람에 휘둘리지 않는다.

어쩌면 사회생활을 하는 내내 누구나 분투하는 실상의 목표가 흔들리지 않는 자기 세계를 하나 만들고 싶은 건지도 모른다. 당신에게는 어떤 세계가 있는가? 어떤 이야기가 있는가? 어려워도 힘들어도 나이 들어도 끄덕치 않을 당신의 이야기는 무엇인가?

이미 당신은 SNS에 일상 메모, 생각, 아이디어를 잔뜩 모아두었을 것이다. 오늘 본 것, 먹은 것, 만난 사람들에 대한 이야기나 사진……. 이 재료들을 엮어 이야기를 만들면 당신에게만 가치 있던 것들이 비슷한 상황, 비슷한 어려움이나 문제를 가진 사람들에게 공유되면서 보편적인 가치를 얻게 된다. 가장 개인적이었던 당신의 것이 오스카상도 탈 수 있는 작품이 될 가능성이 바로 여기에 있다. 시대의 거장 미켈란젤로는 다비드상을 조각할 당시, 이런 근사한 말을 남겼다.

"나는 대리석 속에서 숨 쉬고 있는 천사를 본다.
돌 속에 갇힌 천사가 빠져나와 날 수 있도록 나는 천사가 아닌 것을 깎아낸다."

미켈란젤로처럼, 당신 속에 감춰진 이야기가 세상에 빛을 보도록 군더더기를 깎아내라. 대리석 속에서 꺼내주기만을 기다리는 천사처럼, 당신의 이야기도 당신을 기다리고 있다. 자기 안에서 캐낸 자기 것이니 얼마나 잘 써지겠는가. 또 얼마나 잘 쓰고 싶겠는가. 자기 이야기가 아니면 자기 언어로 쓸 수 없고, 자기 언어가 아니면 잘 읽히지 않는다. 자기 이야기가 아니면 쓰는 동안 그리 즐겁지 않은 법이니까.

자, 이제 본격적으로 당신 안에 어떤 '쓸거리'가 쌓여있는지 탐색을 시작하려 한다. 그전에 당신이 갖춰야 할 것이 있다. 손에 넣고자 하는 모든 것은 이미 당신 안에 있다는 믿음이다. 강요할 수는 없지만 당신의 이야기를 짓고 쓰기 위해서는 없는 재료를 찾아 헤맨다는 막막함이 아니라, 확실히 내 안에 있는 것을 찾고야 말겠다는 믿음이 있어야 한다.

세상은 무대요,
인간은 잠시 등장했다 퇴장하는 배우일 뿐.
-셰익스피어 <좋으실 대로>-

셰익스피어가 말했듯이 우리 삶은 무대고 모든 인간은 배우다. 그들은 입장하고 퇴장하며 각자 자신에게 부여된 시간 내에 많은 역할을 수행한다. 그렇다면 나는 내 무대에서 어떤 공연을 선보였을까. 내 무대를 하나씩 되짚어보며 그 의미를 찾아내는 것이 이 장에서 우리가 해야 할 일이다. 나는 이것을 내면 탐험이라 부른다.

당신의 내면을 탐험하면 당신이 바라는 것을 모두 발견할 수 있다. 그것은 암호를 해독하는 일과 같다. 당신이 태어난 곳, 당신을 태어나게 한 부모님과 가정환경, 당신을 웃게 한 것과 울게 한 것, 화나게 한 것과 슬프게 한 것이 무엇인지 차례로 읽어내며 당신의 내면을 똑바로 바라보는 일이다.

100일간의
글감 찾기 여행안내서

　실화보다 더 극적인 드라마는 없다고 한다. 인기를 끈 영화나 드라마들 가운데 리얼 스토리 즉 실화가 제법 많다. 서점가에도 실제 이야기를 다룬 책들이 인기를 끈다. 특히 '나'에 초점을 맞춘 이야기가 잘 나간다.

　교보문고에서는 이런 특성을 '오롯이 나를 향한, 나에 의한, 나를 위한 삶'이라는 말로 정리한다. 이런 특성은 아마도 나를 중심에 둔 삶을 동경한 결과일 것이다. '나'의 생각, 감정, 지식, 경험, 성찰과 통찰 등은 언어화 되면서 오롯이 내 것이 된다. 여기에 글쓰기만한 수단이 또 있을까. 글쓰기를 통하면 '나'의 이야기를 쉽게 표현할 수 있다. 글로 써둔 '나'의 이야기는 한 권의 책으로, 영상으로, 이미지로 많은 이들과 공유된다.

Can't hold me own because know I'm a fighter
-방탄소년단 <온(ON)>-

방탄소년단이 데뷔 7년을 돌아보며 4집 앨범〈맵 오브 더 솔 : 7〉을 냈다. 이번 앨범에서 멤버들은 개개인의 진솔한 이야기와 원하는 장르의 솔로곡 작업에 집중했다고 거듭 밝혔다. 그 결과물에는 세상에 보여주고 싶은 '나'와 그동안 숨겨왔던 외면하고 싶은 '나'를 모두 받아들이고 '온전한 나'를 찾은 그들만의 이야기가 순도 높게 담겨 있다. 방탄소년단의 이야기를 업고 그들의 앨범은 그 위력을 빠르게 그리고 여지없이 증명했다.

가장 개인적인 것이 가장 세계적이다.

이러한 위력은 '오스카 4관왕'에 오르며 세계적인 감독이 된 봉준호 감독의 말과도 맞닿아 있다. 그렇다. 당신이 가지고 있는 가장 세계적인 것, 그러면서도 가장 하고 싶은 이야기는 이미 당신 안에 있다. 당신이 해온 일들, 해온 생각, 쌓아온 감정들이 버무려져 당신 속에 웅크리고 있다. 이것들을 끄집어내 이야기라는 그릇에 담으면 그것이 바로 당신의 책이 된다.

내 목소리로 표현하는 나만의 이야기는 순도 100% 나만의 것이다. 다른 사람은 흉내낼 수 없는 이야기를 만들고 싶은가? 그렇다면 이제부터 BTS가 디뎌 들어간 그곳, 당신의 이야기가 꺼내주기만을 기다리는 깊고 깊은 곳으로 파고 들어갈 차례다. 그곳은 당신이 한 번도 가지 않은 길이라 나서기가 쉽지 않을 것이다. 헤드라이트를 켜고 앞장 설 테니 따라오기만 하면 된다.

나는 여러 차례 스스로의 내면을 탐험한 결과, 내가 창의적이면서도 누군가에게 영향력을 미치는 일을 무척 좋아한다는 것을 발견했다. 초등학교 다닐 때부터 이야기를 지어내고 뭔가를 읽거나 쓰고, 좋은 글이라 생각되면 일일이 손으로 베껴 다른 이들에게 나눠주곤 했다. 어렸을 때부터 이러한 성향을 보여온 나는 직업이나 좋아하는 일, 하고 싶은 일도 이 범위의 것이었고 결국 글을 쓰거나 쓰게 함으로써 다른 이에게 영향을 미치는 창의적인 일을 하게 되었다.

이렇게 결국 내 안을 탐험하는 것은 지금의 내가 그래서 그랬구나, 이해하는 것으로 연결된다. 당신에게도 그 기회가 주어졌다. 자 이제, 밖으로 향한 문을 닫아걸고 차분한 마음으로 앉아 질문을 던져라. 다음 내용은 내면 탐험에 익숙하지 못한 당신을 위해 마련한 '100일 간의 글감 찾기' 질문 리스트다.

❶ 나의 삶 하이라이트
❷ 나 어릴 적에
❸ 폭풍의 성장기
❹ 나의 가족 이야기
❺ 헬로우 마이 프렌드
❻ 나의 극한 직업
❼ 나의 인생 곡선 그리기
❽ 꿈은 이루어진다
❾ 인생이라는 이름의 연극
❿ 내가 나에게 묻는 질문

질문 리스트는 10가지 주제로 구성돼 있다. 테마 하나에 관련 질문은 10개이다. 이제부터 100일 동안 매일, 이 질문 리스트에 답하며 그날그날의 주제로 글쓰기를 하는 것이다.

이렇게 질문에 답하기 위해 당신이 당신 안에서 찾아서 써내려간 모든 내용이 당신의 이야기를 쓰기 위한 소재이며 글감이 될 것이다.

지금 당장 무엇에 대해 글을 써야 할지 모르겠다고 해도 100가지 질문에 답한 뒤에는 자신이 써놓은 답을 천천히 읽어 보는 것만으로도 수월하게 쓸거리를 찾을 수 있을 것이다. 내가 어떤 사람인지, 어떤 이야기를 하고 싶은지, 어디에 관심이 높은지, 어떤 이야기를 할 때 가장 신나는지 당신 자신에 대해 누구보다 많이 알게 될 테니까. 어쩌면 그 답을 조금 손보는 것만으로도 당신의 이야기가 완성되는 수준에 도달할 지도 모른다. 관련 자료를 더해 개인사 박물관을 만들 수도 있다.

중요한 것은 많이 쓰는 것보다 '매일 꼬박꼬박 글을 쓰는 행위'에 익숙해지는 것이다. 매일 쓴다는 점에서 일기와 비슷하다. 원래 이 방법은 미국의 제도권 교육에서 학생들의 글쓰기 습관을 기르기 위해 고안된 것이다. 소설가이자 시나리오 작가인 줄리아 카메론이 《아티스트 웨이》경당 | 2012년 5월

에서 매일 글쓰기를 하는 12주간의 창조성 워크숍을 '모닝 페이지'란 개념으로 소개하면서 국내에도 일찍이 소개된 바 있다.

> 모닝 페이지는 심판을 멈추고 글을 쓸 수 있게 도와줄 것이다. 피곤하든, 심술이 났든, 마음이 산만해졌든, 스트레스를 받았든, 그런 것이 무슨 상관인가? 당신 내면에 있는 아티스트는 아직 어린아이이고 더 키워져야 한다. 모닝 페이지가 당신의 어린 아티스트를 키워줄 것이다. 그러니 매일 모닝 페이지를 쓰는 걸 잊지 말자. 무엇이든 생각나는 것을 세 쪽에 걸쳐 쓴다. 쓸 것이 아무것도 생각나지 않는다면 "쓸만한 말이 아무것도 떠오르지 않는다……"라고 쓴다. 세 쪽을 채울 때까지 이 말을 쓴다. 세 쪽을 가득 채울 때까지 무슨 말이든 쓰는 것이다.
> -줄리아 카메론《아티스트 웨이》-

이 책에서 내가 권하는 매일 저널 쓰기 방식은 줄리아 카메론의 모닝 페이지와는 약간 다르다. 줄리아 카메론은 '매일 손 글씨로 3쪽씩' 무조건 써야 한다는 단서를 붙였지만,

나의 방식은 손 글씨가 아니어도 된다. 그저 매일 쓰기만 하면 된다. 글쓰기에서 가장 중요한 것은 쓰는 방법이 아니라 어떤 결과를 얻어내는가 하는 것이니까.

결국 매일 저널 쓰기는 창조적 영감을 불러내도록 고안된 방법론이며, 창조적 영감은 어느 순간 불현듯 떠오르는 것이 아니라 습관적으로 쓰다 보면 불려나온다. 이 모든 과정을 매일 조금씩 글을 쓰다 보면 저절로 알게 될 것이다. 그러니 어떤 방법으로 하든 상관없다. 준비되었는가. 자, 이제 실전 글쓰기를 시작할 때이다.

글감 찾기 ①
나의 삶 하이라이트

CNN에서 자신의 이름을 내걸고 토크쇼를 진행하며 수십 년간 수천 명의 사람을 인터뷰했던 '미국의 국민 MC' 래리 킹. 그는 자신의 프로그램에 출연한 게스트에게 이렇게 묻곤 했다. "당신이 살면서 진정으로 원한 것은 무엇입니까?" 많은 출연자들이 자신만의 대답을 내놓았는데, 그 중 안젤리나 졸리의 답이 기억에 남는다.

내가 맡은 여러 역 중 나는 '엄마 역'이 가장 중요하다고 생각해요. 언젠가 제가 삶을 마감할 때, 사람들을 즐겁게 했던 사람으로 기억된다면 좋겠습니다. 우리 아이들, 국가, 인권에 좋은 영향을 미친 사람으로 남길 바랍니다.

짧은 대답이지만 그가 삶에서 어떤 것을 가장 중요하게 생각하며, 어떤 것을 진정으로 원하고 있는지 느껴진다. 이타적인 마음의 배경에 강한 모성애가 작용하고 있다는 것도, 때문에 그것이 담백한 진심이라는 것도 느낄 수 있다.

당신이 토크쇼에서 이 질문을 받았다면 뭐라고 대답했겠는가? 인생에서 가장 중요한 것이 무엇이며 진정으로 원하는 것이 무엇인지 한 번이라도 생각해본 적 있는가?

관념적인 질문일수록 한 번에 대답하기는 어렵다. 예를 들어 '당신을 한마디로 정의해보라. 당신은 누구인가.' 같은 것이다. 소설가 김훈은 자신을 '자전거레이서'로 불러달라고 말한다. 〈그리스로마 신화〉 시리즈를 펴낸 소설가 이윤기는 신화학자라는 수식어보다 '신화 이야기꾼'으로 불리길 원한다. 당신은 스스로를 뭐라고 표현할 것인가? 또 뭐라고 불리고 싶은가?

이런 질문들은 잘 알고 있다고 생각하지만, 실은 한 번도 깊게 생각해본 적 없는 당신의 인생을 파노라마 사진처럼 되돌아보며 깊이 생각하고 알아가는 시간을 선물할 것이다. '당신 인생에서 기념비적인 날이 있다면 언제, 무슨 날인가요?' 같은 질문도 지나온 나의 삶을 하나하나 곱

씹어 볼 좋은 계기가 될 수 있다. 만약 같은 질문을 받았다면 헬렌 켈러는 다음과 같이 대답했으리라.

> 내 인생에서 가장 중요한 날은 내가 앤 맨스필드 설리번 선생님을 만난 날이다. 무엇으로도 측량할 길 없을 만치 대조적인 우리 삶이 이렇게 연결되다니 생각할수록 놀라움을 금할 길 없다. 1887년 3월 3일 만 일곱 살을 꼭 석 달 남겨놓은 때였다.

당신도 헬렌 켈러처럼 인생 전체를 뒤흔든 하루를 꼽아보라. 그리고 그게 몇 년 몇 월 며칠이었는지 말해보라. 날짜가 가물거린다면 달력을 뒤적거려도 좋다. 그 중대한 사건이 있었던 앞뒤의 일을 회상하며 희뿌연 기억을 더듬어보라. 당신의 이야기를 풀어놓기에 좋은 시작점이 될 수도 있다.

나의 삶 하이라이트 질문 리스트

- 당신은 어떤 사람인가. 한마디로 정의해보라

- 가장 기억에 남는 별명이나 호칭은 무엇인가

- 당신 인생에서 기념비적인 날은 몇 년 몇 월 며칠인가

- 가장 최근 다른 사람과 소리 높여 다툰 적이 있는가

- 당신이 가진 것 중 나를 가장 닮은 소지품은 무엇인가

- 인생의 철칙이 있다면 무엇인가, 왜 그런 원칙을 세우게 되었는가

- 당신에 대한 소문 중 가장 불쾌했던 것은 무엇인가. 왜 그런 소문이 나게 되었는가

- 당신이 어느 날 납치당한다면 납치범은 몸값으로 얼마를 요구할까

- 지금의 직업을 정하게 된 순간은 언제인가

- 당신의 장례식에 추모사는 어떤 말로 시작할까

워크북 p.229

글감 찾기 ❷
나 어릴 적에

이번 질문 리스트는 당신의 어린 시절에 관한 것이다. 당신의 어린 날들은 어땠나? 지금 당장 기억이 선명하게 나지 않아도 괜찮다. 다음의 질문 리스트가 어린 시절의 각 성장단계로 돌아가 당신이 타고난 소명과 사명의 예후가 드러나기 시작했던 시절을 떠올릴 수 있도록 도울 것이다. 이제 어른의 눈으로 아이인 당신을 바라보라.

나 어릴 적에 질문 리스트

-당신이 태어났을 때, 곁에 있던 사람은 누구인가

-당신이 태어난 날, 신문에 어떤 기사가 보도됐는가

-어렸을 때 좋아서 모은 것은 무엇인가, 아직 가지고 있나

-'우리 집'이 다른 집과 크게 달랐던 점은 무엇인가

-가장 좋아했던 TV 프로그램을 기억하는가

-과거의 당신에게 편지를 쓴다면 몇 살에게 보내겠는가

-어린 시절 가장 겁이 났던 때는 언제인가

-어릴 때 주변 어른들은 당신이 커서 무엇이 될 거라 했는가

-어릴 때 살던 동네 약도를 그릴 수 있는가

-이름과 성격이 기억에 남는 친구가 있는가

워크북 p.240

글감 찾기 ❸
폭풍의 성장기

    심리학자 에이브러햄 매슬로는 죽을 뻔한 고통을 당해 본 사람만이 영혼의 성장을 이룰 수 있다고 했다. 이 고통을 영혼이 성장하는 계기로 삼을지 좌절의 기회로 삼을지는 본인이 선택하기에 달렸다고 했다. 나는 어떤 경험이건 잘잘못이 없다고 생각한다. 따라서 고통도 기쁨만큼이나 우리의 영혼을 위한 자양분이라 믿는다. 당신의 성장통은 얼마나 심했는가.

폭풍의 성장기 질문 리스트

-당신이 처음 이성을 의식한 때는 언제인가

-처음으로 크게 싸운 건 언제이고, 누구와 싸웠는가

-당신의 사춘기는 몇 살때부터 몇 살때였는가

-살면서 '최악의 나'를 꼽는다면 구체적으로 언제인가

-누군가와 헤어지는 고통을 경험한 적이 있는가

-되돌아 볼 엄두가 나지 않을 만큼 힘든 기억이 있는가

-어른 이외에 나를 가장 두렵게 한 동년배 아이가 있는가

-죽을 것 같다고 느낄 만큼 아팠던 적, 다친 적이 있는가

-힘든 당신을 가장 화나게 했던 말이나 글이 있는가

-힘든 고비를 넘기고 있는 사람에게 뭐라고 해주고 싶은가

워크북 p.251

글감 찾기 ❹
나의 가족 이야기

가족은 '이른 봄날의 내의 같은 존재'라는 비유를 들은 적이 있다. 봄인 듯 느껴지면 겨우내 의지했던 내의가 가장 먼저 거추장스러워진다. 미련 없이 내의를 벗어버리고 대신 프렌치코트에 머플러를 두르며 옷깃을 여며보지만 웬일인지 봄을 시샘하는 추위는 뼈마디까지 파고든다. 그럴 때 못 이기는 척 내의를 다시 입으면 어찌나 따뜻한지. 당신에게 가족은 어떤 의미인가? 봄날의 내의 같은 존재인가? 한겨울의 오리털점퍼 같은 존재인가? 당신의 일부 혹은 당신의 전부를 만들어온 부모님과 배우자, 그리고 자녀들에 대한 이야기를 써보자.

나의 가족 이야기 질문 리스트

-부모님이 한 말 중 잊히지 않는 말이 있는가

-당신이 기억하는 할아버지, 할머니는 어떤 분이었나

-우리 집의 대표 음식, 특별한 음식이 있는가

-가족에게 읽어주고 싶은 책이 있는가, 이유는 무엇인가

-형제자매가 있는 사람은 역할이 바뀌었다면 어땠을지, 없는 사람은 형제자매가 있다면 어땠을지 상상해보자

-당신이 직접 당신을 키웠다면, 어떤 어른으로 컸을까

-가족 구성원이 가장 많았던 때는 언제이고, 지금보다 몇 명이 많았는가

-부모님께 하면 안 되지만 꼭 하고 싶은 말이 있는가

-당신의 아이에게 당신의 부모님 이야기를 들려준다면, 어떻게 설명할 건가

-당신이 가족으로부터 독립한 것은 언제인가. 아직 독립하지 않았다면 언제쯤 독립할 것이라 예상하는가

워크북 p.262

글감 찾기 ❺
헬로우 마이 프렌드

"함께 있을 땐 우린 아무 것도 두려울 것이 없었다." 이것은 영화 〈친구〉의 포스터에 실렸던 문구다. 《행운의 절반 친구》위즈덤하우스 | 2008년 3월라는 책에는 이런 구절이 시선을 끈다.

행운의 절반은 나의 노력으로부터 오고 행운의 나머지 절반은 친구로부터 온다.

친구라는 존재는 참으로 묘하다. 혈육이 아니면서 혈육보다 가깝고 더러는 가족보다 더 큰 영향을 끼친다. 동료나 선후배 그리고 이웃도 '친구'의 다른 이름이다. 그러므로 당신의 생애에서 친구를 빼놓고 이야기할 수 없을 것이다.

헬로우 마이 프렌드 질문 리스트

-당신의 첫 친구는 누구이고 언제 어떻게 만났는가

-현재 당신의 가장 오랜 친구는 언제 만난 누구인가

-친구들을 해산물이나 과일 등 다른 것에 비유해보라

-당신만의 친해질 사람을 구별하는 기준이 있는가

-꼭 한번 다시 만나 사과를 하고 싶은 친구가 있는가

-친한 친구와 크게 싸우고 난 이후 어떻게 하는가

-친구에게 가장 큰 돈을 쓴 적은 언제이고 얼마였는가

-친한 사람 중 가장 나이차가 많이 나는 사람은 누구인가

-다시는 마주치고 싶지 않은 친구, 동료, 지인이 있는가

-가장 최근 인연을 끊은 사람은 누구이고 무슨 이유였나

워크북 p.273

글감 찾기 ❻
나의 극한 직업

많은 자기계발서들의 주제는 '당신이 진정으로 하고 싶은 것을 하라'는 것에 맞춰 있다. 놀라운 것은 자신이 원하는 것이 무엇인지 모르는 사람이 대부분이라는 것이다. 원하는 것을 알아도 그것을 이루기 위해서는 많은 노력이 필요한데, 아예 원하는 게 없거나 모르겠다는 이들이 많다. 이들은 그것을 알아내기 위해 또 다른 자기계발서를 읽는다.

같은 고민을 상담해오는 젊은 친구들을 접하며 그 이유를 곰곰이 생각했다. 그리고 내린 결론은 자신의 감정에 매우 인색하기 때문이라는 것이다.

자신의 느낌과 생각에 최대한 귀와 마음을 기울여 포착하기보다는 다른 사람의 느낌과 생각에 내 것을 비교하고 맞추려다 보니 내 것을 알아채는 훈련이 안 되었기 때문이다.

이번 질문들은 자신이 원하는 게 뭔지도 모르고 사는 많은 사람들로 하여금 그 답을 찾을 수 있도록 도와줄 것이다. 당신의 타고난 재능에 대해 알 수 있는 매우 소중한 질문들이므로 다른 것에 전혀 신경쓰지 말고 오로지 당신의 느낌이 알려주는 답을 찾으라.

나의 극한 직업 질문 리스트

-당신의 직업은 무엇이고 어떤 일을 하는가

-첫 직장에서 한 일은 무엇이고 지금 하는 일과 같은가

-당신의 어떤 점이 지금 하는 일에 맞다고 생각하는가

-오랫동안 혼자 해온 공부가 있는가

-동료나 주위에서 당신에게 도움을 청할 땐 주로 어떤 경우인가

-앞으로 배워보겠다고 벼르는 것이 있다면 무엇인가

-책장에 꽂힌 책 가운데 가장 많은 종류는 무엇인가

-돈이나 시간 등 어떤 제약도 없다면 무엇을 하고 싶은가

-쉰 살에 다시 직업을 선택한다면 무엇을 선택하겠는가

-당신을 시장에서 판다면 사람들이 왜 당신을 사갈까

워크북 p.284

글감 찾기 ❼
나의 인생 곡선 그리기

　유명 인생 코치들의 상담 프로그램 중 '나의 인생 곡선 그리기'라는 내용이 있다. 인생 곡선 그리기란 그동안 살아오면서 기억에 남는 일 혹은 당신의 인생에 긍정적이든 부정적이든 영향을 미친 일들을 인생 곡선 그래프에 표시하는 것이다. 이 작업은 자기계발을 목표로 한 각종 워크숍에서 빠지지 않고 등장한다. 이것은 현재 당신이 존재하기까지 당신에게 영향을 미친 모든 것을 파악함으로써 그것의 의미를 이해하고 당신의 미래를 제대로 설계할 수 있도록 한다. 이것이 인생 곡선을 그리는 목적이다.

　삶은 당신에게 꼭 필요한 특정 메시지를 남기기 위해 어떤 방법으로든 당신의 삶에 관여한다. 인생 곡선 그리기를 통해 당신의 의식 아래에서 끄집어내 올려지는 사건들은 메시지의 은유다. 따라서 당신 속 이야기를 찾아내는 과정에서 인생곡선 그리기 작업이 가장 중요하며 결정적인 단계다.

당신의 기억에 뚜렷이 남은 어떤 일이나 사건 혹은 이슈가 행복했거나 기쁜 일이었으면 위쪽에, 그렇지 못했으면 아래쪽에 표시한다. 행복이나 기쁨의 정도가 크면 클수록 표의 위칸에 표시될 테고 불행이나 슬픔의 정도가 크면 클수록 아래칸에 표시될 것이다. 사람에 따라 그런 일들이 여러 번 되풀이될 수도 있고 단 한 번만 있을 수도 있다.

아래 표에 당신의 인생곡선을 그려보라. 다른 사람을 의식하지 않고 솔직하게 표시해야 하는 만큼 당신 혼자서 하는 게 좋을 수도 있다. 나도 인생 곡선 그리기를 통해 내 삶에서 반복되던 패턴을 찾았고, 그 원인과 배경까지 찾을 수 있었다. 막연히 생각하던 것을 확연하게 알게 된 그때의 놀라움이 아직도 생생하다. 인생곡선 그리기는 그 어떤 방법보다 자신의 삶을 한눈에 볼 수 있어 유용하다. 인생곡선을 다 그렸으면 표를 보면서 다음 질문에 답해보자.

나의 인생 곡선 그리기 질문 리스트

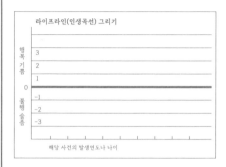

라이프라인(인생곡선) 그리기

행복 기쁨

3
2
1

0

불행 슬픔

-1
-2
-3

해당 사건의 발생연도나 나이

1 당신이 가장 행복했을 때(최고 상승 포인트)는 언제인가

2 당신이 가장 불행했을 때(최고 하락 포인트)는 언제인가

3 인생 곡선에서 반복되는 패턴이 있는가

4 아무 변화가 없는 구간이 있다면 언제인가

5 지워버리고 싶은 구간이 있다면 언제인가

6 인생 곡선에 영향을 준 사람이 있는가

7 앞으로 인생 곡선 최고 상승 포인트를 예측할 수 있는가

8 인생 곡선 하락을 막기 위한 방지책이 있는가

9 가장 최근 인생 곡선에 변화 요인은 무엇인가

10 내일 인생이 끝난다면, 인생 곡선은 지금 어느 지점에 있는가

워크북 p.295

글감 찾기 ❽
꿈은 이루어진다

영화 〈라라랜드〉는 꿈꾸는 바보들에 대한 이야기다. 꿈을 꾸어야 살아 있을 수 있다는 메시지에도 불구하고, 우리는 밥벌이에 전전긍긍하며 하루하루 막막하게 산다. 꿈은 밥벌이에 어떤 도움도 주지 않지만 꿈이 없다면 지쳐 쓰러졌을 때 일어나기 힘들지도 모른다.

꿈을 품고 있다는 자체로 세상의 주인이 된 듯 뿌듯했던 시절이 당신에게도 있었는가? 꿈은 한 번 품으면 이룰 때까지 절대 사라지지 않는다. 조심스럽게 당신 품 안의 꿈을 뒤져보자.

꿈은 이루어진다 질문 리스트

1 어렸을 때 당신의 꿈은 무엇이었나

2 당신은 그 꿈을 이루었는가

3 당신의 꿈을 이루는 데 가장 큰 장애물은 무엇인가

4 1년의 유급 안식년을 받는다면 무엇을 하고 싶은가

5 최근에 새로 시작한 일이 있는가

6 당신의 능력 가운데 가장 가치있는 것은 무엇인가

7 당신의 경험 가운데 가장 자랑스러운 것은 무엇인가

8 주말과 휴일을 보내는 방법은 어떻게 결정하는가

9 오늘까지의 인생에 점수를 매긴다면 몇 점을 줄 수 있는가

10 얼굴에 한 문장을 문신으로 남겨야 한다면 어떤 문장을 남기겠는가

워크북 p.306

글감 찾기 ❾
인생이라는 이름의 연극

역사책에서 배운 석기, 청동기, 철기시대란 당시를 지배한 주요 이기의 재료에 따라 인류문화를 나눈 것이라고 앞에서 언급했다. 만일 당신이 지금껏 살아온 삶을 나눈다면 어떤 기준에 따라 어떻게 구분할까?

무대에서 배우로 살아온 인생을 《인생은 연극이고 인간은 배우라는 오래된 대사에 관하여》샘터 | 2007년 10월라는 제목의 책으로 펴낸 최불암 씨는 그 삶을 5단락으로 나누어 이야기한다.

1장 분장을 하다
배우라는 일에 대한 이야기

2장 지금은 방송 중

〈수사반장〉 등 유명한 TV드라마에 관한 이야기

3장 무대 뒤에서

배우라는 한 인간으로 사는 일에 관한 이야기

4장 나를 키운 시간들

배우로 살아온 시간들에 대한 이야기

5장 NG! 다시 갑시다!

자신이 속한 대중문화에 관한 이야기

경영학의 구루라 칭송받는 피터 드러커는 《피터 드러
커 자서전》한국경제신문사(한경비피) | 2005년 10월에서 자신의 이야기
를 3장으로 구분하고 가장 핵심적인 인물들의 이름을 붙
여 이야기를 더욱 세분화했다. 드러커에 따르면 "책에 등장
하는 사람들은 그들이 위대하거나 유명해서도 아니고, 그
들의 이야기가 어떤 의미를 갖기 때문도 아니다. 다만 그들
이 내게 중요한 인물이었기 때문에 선택됐으며 그들이 내

게 중요했던 것은 자신들이 속한 사회를 내게 반사하거나 굴절시켜 보여주었던 방식 때문이었다"고 설명했다.

김대중 전 대통령의 부인인 이희호 여사는 《이희호 자서전 동행》용진지식하우스 | 2008년 11월에서 80년 넘게 살아온 인생을 6장으로 구분했는데 연대기별로 구분하고 이름을 붙였다. 이희호 여사는 생전에 '길고도 먼 길을 걸어오면서 몇몇 굽이마다 나에게 강렬하게 남아 있는 생활의 기억'들을 중심으로 삶의 장을 구분했다. 각 장에 붙인 제목만 보아도 '개인의 기록이지만 파란곡절로 아로새겨진 우리 현대사의 뒤안길'을 읽을 수 있으리란 기대를 갖게 한다.

5장 '6월 민주항쟁'이 준 선물(1985-1998)

6장 푸른 기와집에서의 5년(1998-2008)

당신의 인생도 이렇게 나눠보자. 당신의 인생을 연극에 올린다고 가정하고 막을 구분해보자. 알다시피 연극, 영화, 드라마는 모두 3막 구조로 구성되어 있다. 그것은 발단, 전개, 절정을 거쳐 결말에 이르는 구조로 2,000여 년 전부터 전해내려온 검증받은 이야기 구조이므로 그저 따라 해도 좋을 것이다. 하지만 반드시 3막 구조이거나 연속적일 필요도 없다. 이 세상에 단 하나뿐인 당신의 이야기이므로 당신의 의도에 맞게 나누어 구분하면 된다.

당신의 이야기를 단락별로 나누고 각 단락마다 가장 적합한 제목을 붙여주자. 몇 단락으로 나누든 상관없다. 몇 막이든 몇 장이든 그보다 더 중요한 것은 당신 삶을 어느 방향에서 조명하는가 하는 것이다. 당신 삶의 어느 부분에 무게중심을 두고 싶은가를 맨 먼저 파악해야 한다. 그에 따라 단락의 개수와 단락의 이름이 달라지기 때문이다.

대개는 전환점을 이룬 특정한 사건이나 시기, 그 무렵을 대표하는 인물 등이 구분의 기준이 된다. 이렇게 인생을 구분하다 보면 자신도 몰랐던 삶에 대한 나의 생각을 읽게 된다. 인생의 장을 나누는 작업은 여기에 의의가 있다. 장을 나눈 다음엔 각 장마다 제목을 붙여보자. 제목 붙이기는 당신이 파악한 의미들을 언어로써 명확하게 정의해주는 기능이며 당신의 의식에 그 의미들을 새기는 효과가 있다. 제목 붙이기는 그 장과 관련된 단어나 문장으로 표현하되 이야기를 통해 당신이 알리고 싶은 정체성이나 당신이 추구하는 지향성 등이 포함되어야 한다.

셰익스피어가 말한 대로 당신의 삶과 이야기를 하나의 연극이라 생각하고 바라보자. 당신 삶을 드나든 사람이나 사건, 그리고 패러다임들을 중심으로 다시 들여다보자. 그러면 당신이 쓴 당신의 이야기지만 그에 대한 이해가 훨씬 깊어질 것이다. 또 당신의 이야기를 접하는 독자나 청자도 당신의 이야기를 더 잘 이해하고 좋아하게 될 것이다. 이야기가 저 스스로 단락지어지는 신비도 경험하게 될 것이다.

인생이라는 이름의 연극 질문 리스트

-당신의 인생을 연극이라고 생각하고 관객에게 소개해 보자

-1막의 제목은 무엇인가

-2막의 제목은 무엇인가

-3막의 제목은 무엇인가

-지금은 몇 단락에 해당하는가

-각 단락의 주요 등장인물은 누구 누구였는가

-지금까지 몇 번의 사랑을 했고 앞으로 몇 번의 사랑을 더 할 것 같은가

-당신의 인생이 공연이라고 할 때, 인터미션을 둔다면 어느 시점에 둘 것인가

-당신 책의 제목으로 훔쳐오고 싶은 다른 작품의 제목이 있는가

-지금까지 살아온 당신의 삶에 당신만의 제목을 붙여보라

워크북 p.317

글감 찾기 ⑩
내가 나에게 묻는 질문

사는 게 뭔지도 모르고 사는 것이 인생이라 한다. 살아봐도 모르겠고 책을 봐도 모르겠고 누군가에게 물어봐도 모르겠다고 한다. 그래서인가 사는 건 사는 게 아니라 살아내는 거라는 자조 섞인 해석도 있지만, 아무리 그래도 이렇게 저렇게 살고 싶다는 바람이나 결심 없이 사는 삶은 너무 힘겨울 것 같다.

자고나면 사라질지라도 지금은 꿈을 꾸어야 한다. 살고 싶은 삶을 그리며 앞날에 희망을 가져야 한다. 새우처럼 가난해도 꿈은 고래처럼 크게 가지라고 했던가. 앞에서 지난 삶을 반추하는 동안 삶이 당신에게 어떻게 말을 걸어왔는지 느꼈으리라 생각한다. 이제는 당신이 삶에게 말을 걸어보자.

　나는 이제 이렇게 살아야겠다고. 다음 질문들이야말로 당신이 이야기를 써야 하는 이유를 담고 있다.

　적지 않은 분량의 질문 리스트임에도 불구하고, 정작 당신에게 중요한 것들을 빠뜨렸을 수 있다. 당신 스스로에게 질문하라. 평소 입 밖으로 내기 꺼렸던 질문일수록 더욱 좋다. 당신이 원하는 답을 쓸 수 있도록 질문을 만들어라.

내가 나에게 묻는 질문 질문 리스트

워크북 p.328

4장

하루 한 장,
잘 팔리는 책 쓰기 비법

마음껏 떠들 수 있는
주제를 골라라

"뭐부터 써야 돼요?"

질문 리스트를 작성했다면, 작성하는 중이라면, 적어도 시도라도 했다면, 내 안에 얼마나 많은 쓸거리가 있는 확인했을 것이다. 그럼에도 내 이야기를 어디서 어떻게 시작해야 할지 난감하다면 이러한 전제를 다시 한 번 상기해주길 바란다. "내 살아온 이야기를 책으로 쓰면 열댓 권도 넘을 것이다"고 큰소리치면서도 막상 단 한 줄을 쓰기도 힘든 것은 그 많은 쓸거리를 감당하기 어려워서이다.

"태어나서 지금까지 있었던 일을 순서대로 쓰면 되나요?"

적게는 30~40년, 많게는 60~70년이나 살아왔는데 그 모든 과정을 글로 써야 한다면 아무리 분량 제한이 없는 글쓰기라도 까마득할 것이다. 하지만 안심하라. 역사를 있는 그대로 빠짐없이 기록하는 사관(史館)이 되라는 건 아니니까.

오히려 이야기를 쓸 때 가장 경계해야 할 것이 '오늘의 역사'처럼 미주알고주알 모든 것을 다 담아내려는 욕심이다. 물론 쓰는 사람의 입장에서야 어느 하나의 기억인들 소중하지 않을까마는 이야기는 나름의 기준으로 쓸 것은 쓰고 버릴 것은 버려야 좋은 글이 완성된다.

그 나름의 기준이란 당신의 영혼에 깊이 새겨진 경험이나 기억들이다. 일일이 메모와 자료를 들추며 기억하려 하지 않아도 잊히지 않는 기억들을 중심으로 쓰면 된다. 이러한 기억들은 당신의 영혼에 매우 특별한 의미가 되어 아로새겨졌을 테고 당신의 내부에서 번쩍하는 통찰의 순간으로 인식되어 있을 테니까.

이야기에 들어갈 내용은 크게는 기억을 지배하는 큼직한 이슈를 중심으로 그 이슈들이 의미하는 것과 그것에 대한 태도와 영향력 정도면 된다. 지금까지 삶에서 일어난 중

대한 사건이나 변화의 흔적, 가족에 얽힌 이슈들, 직업인으로 살아오는 동안 있었던 잊지 못할 상황이나 순간들, 당신을 괴롭혀온 상처와 그것을 견디게 한 힘에 대해, 세상을 살아가는 자세와 기준 등 모든 것에 대해 쓸 수 있을 것이다.

한 권의 책이든, 한 편의 글이든 이야기를 시작하기 어려운 것은 쓸 것이 너무 많거나 무엇을 써야 할지 감이 잡히지 않거나 둘 다이기 때문이다.

그런 이들을 위해 지금까지 당신보다 먼저 책을 쓴 이들이 주제를 발견하게 된 계기와 과정과 방식을 전한다. 그대로 따라하라는 것은 아니지만 다양한 접근법을 접하다 보면 그중 분명 만만해보이거나 따라하고 싶은 방법이 하나쯤은 있을지 모른다.

작가 버지니아 울프는 독특한 자신만의 글쓰기 주제가 있었다. 매년《햄릿》을 읽고 짧은 코멘트, 일종의 독후감을 쓴 것이다. 버지니아 울프식 글쓰기의 장점은, 같은 책을 읽는데도 나이를 먹으면서 셰익스피어에 대한 코멘트가 달라지기 때문에 나의 관점이나 정서가 어떻게 달라지고 성장하는지를 관찰할 수 있다는 데 있다. 같은 책을 시간이 흐른 뒤 다시 읽었을 때, 새로운 관점으로 이해되는 경험을 한번쯤은 해본 적 있을 것이다. 결국 그가 쓴 글은 내용만 '햄릿' 독후감이지 일종의 '나 성장일기'였던 셈이다. "책을 읽으며 순간순간 떠오르는 생각을 적는 행위 자체가 이야기 쓰기"라는 버지니아 울프의 주장에 고개가 끄덕여진다.

일상생활 폐품을 예술로 작품화한 체험 전시 '반쪽이의 상상력 박물관'의 주인공이자 만화가 최정현 씨는 가족사진으로 이야기를 쓴다. 해마다 같은 장소에서 직계 방계 할 것 없이 모든 가족이 모여 사진을 찍는다. 매번 같은 장소, 같은 위치에 앉고 서서 사진을 찍는다. 올해 사진을 찍을 수 없게 된 가족은 자리를 비워둔다. 결혼하여 가족이 된 사람이나 새로 태어난 아이 등 가족에 새롭게 편입된 사람은 새로운 자리를 잡는다. 해마다 찍은 사진에는 가족의 변화가 고스란히 기록되었다. 싱글이던 가족이 결혼하여 배우자를 옆에 세우고, 그 이듬해에는 임신한 배를 보여주더니 또 그 다음해에는 아이와 함께 사진에 등장한다. 남의 사진이지만, 숨은그림찾기 하듯 달라진 곳을 찾으며 들여다보노라면 콧잔등이 시큰해진다. 최정현 씨네는 이 사진들이 가족 모두의 이야기다.

나의 지인인 사진작가 J는 그가 초등학교에 다닐 무렵

부터 성인이 될 때까지 해마다 어머니와 함께 찍은 사진을 자랑한다. 첫 사진은 동네 사진관에서 어머니는 앉고 아들은 곁에 서서 찍었다. 해마다 아들의 키는 부쩍부쩍 자라 아담한 어머니의 키를 훌쩍 따라잡았고 성인이 된 아들의 곁에 이제는 왜소해진 어머니가 서 있다. J씨는 이 사진들을 볼 때마다 돌아가신 어머니가 그리워 매번 운다고 한다. 사진작가의 어머니는 이러한 방법으로 아들에게 이야기의 일부를 써주었고 아들의 재능에 자극을 주었다.

이강석 씨는 경기도청 공보실에서 11년 6개월 동안 재직했다. 42년간의 공무원 생활을 마친 그는 언론과 공무원과의 관계를 소재로 한 경험담을 모아 책을 출간했다. 공무원과 언론인의 관계를 공생을 의미하는 '악어와 악어새'라 정의하면서 공보 업무 실무자로서 생각하고 느낀 것을 정리하여 자료집 형식으로 담았다.

때로는 영화나 드라마에서 영감을 얻을 때도 있다. 미국 드라마 〈위기의 여자〉에서 주인공 중의 한 명인 수잔의 시어머니가 새 며느리 수잔을 위해 할머니의 할머니로부터 전수되던 가족 요리의 비법을 담은 레시피북을 선물하는 장면을 본 적이 있다. 물론 시어머니의 속내는 마이클

(자신의 아들)이 집에서 만든 남부음식을 먹으면 무척 좋아할 거라는 것이었지만.

영화 〈라스트 홀리데이〉의 주인공 조지아는 백화점에서 그릇을 파는 판매원이다. 그릇 코너 한쪽에는 주방이 있고, 맛있게 만든 요리를 담아 보여주면서 고객들이 그 그릇을 사가도록 유도하는 게 그의 일이다. 그의 요리는 참 맛있고, 덕분에 그는 백화점 전체에서 가장 판매를 잘하는 사원이 되었다. 하지만 매사 소극적이어서 바라는 게 많지만 내색도 못하고 산다. 참고 살 뿐이다. 다만, 그 꿈을 〈Book of possibilities〉라는 이름의 세상에서 하나뿐인 노트에 담아 둔다. 어느 날 조지아에게도 불행이 닥쳐 시한부 인생을 선고받는다. 천성이 긍정적인 조지아는 슬퍼하는 대신 꼬박꼬박 모아온 저금과 어머니가 남긴 유산을 털어 평생 하고 싶었던 것을 하기로 마음먹는다. 영화는 이때부터 신나게 전개되는데, 결론적으로 노트에 모아놓은 꿈을 모두 이룬다. 영화 마지막 장면에서 조지아는 노트의 제목을 이렇게 바꾼다. 〈Book of realities〉. 조지아에게는 이 노트가 이야기 자체다. 아마 이게 현실의 이야기였다면, 전 세계 모든 출판사가 조지아에게 출간 제안을 했을 것이다.

드라마를 보며 나라면 이렇게 이야기를 쓰겠다, 생각을 정리해보자. 수잔이 선물 받은 시어머니의 레시피북에는 각각의 요리에 대해 사진을 곁들인 레시피에 사연까지 들어 있으니 그 자체로 좋은 쓸거리가 된다. 가령, '할머닌 비스킷보다 맛있는 게 없다고 했다. 레시피대로 하면 할머니의 비스킷을 만들 수 있다'는 식으로.

살펴본 것처럼 이야기는 노트에 펜으로 태어난 날부터 이때까지의 개인사를 이실직고하듯 써내려가는 방법 외에 당신의 상상력이 허용하는 한 얼마든지 다양하고 재미있고 의미 있게 쓸 수 있다.

이야기를 쓰는 방법은 아마 101가지도 넘겠지만 복잡할수록 단순하게 생각하라. 세상의 모든 내용물은 이야기다. 그리고 그중에서 미디어가 좋아하는 이야기는 '사람 이야기'다. 뉴스나 칼럼, 다큐멘터리 등 언론미디어의 핵심 콘텐츠는 대부분 사람에 대한 것이다. 언제 나와도 집중도가 높고 관심을 끌며 시대가 흘러도 가치가 변하지 않는다. 언론 현장에 처음 투입되었을 때, 내가 맨 처음 들은 꾸중은 "사람 이야기를 써라"라는 것이었다. 그 어떤 '사실'도 사실 자체로서가 아니라 '사실을 둘러싼 사람들의 이야기'로 관찰하고 취재하고 기사로 써야 한다는 지침이었다. 몇 번의 망신스러운 시행착오 끝에 그리고 콘텐츠는 사람의 이야기라는 소신을 눈물나게 가르쳐준 상사들 덕분에 나는 '사람 이야기'를 볼 줄 알고 쓸 줄 알게 됐다.

《22똥꽹이네, 이제는 행복한 집고양이랍니다》위즈덤하우스 | 2019년 12월는 이제 집고양이가 된 스물두 마리 길고양이와 '22고양이' 다음의 '23번째 인간'이라서 스스로를 '이삼(23) 집사'라고 부르는 한 여성의 일상을 담은 포토 에세이다. 길고양이들을 보살펴 주던 일명 '캣맘'이었던 저자는 구조가 시급한 고양이를 하나둘 구조해 임시 보호하게 되었다. 보호 고양이 중에는 운이 좋아 입양을 가는 경우도 있었지만, 늙거나 품종묘가 아닌 경우는 입양 자체가 되지 않았고, 입양이 된 경우에도 병이 나면 파양되기 일수였다. 이런 연유로 결국 한 지붕 아래 고양이 스물두 마리와 살게된 일상과 사연이 유튜브를 통해 공개되면서 수많은 구독자가 몰려들었고 후원을 하고 싶다는 목소리가 높아졌다. 유튜브는 구독자수 18만 명의 채널로 성장했으며 그 인기에 힘입어 포토 에세이까지 출간돼 베스트셀러 반열에 오른 것이다.

작가 이철환 씨는 어린 시절을 가난한 산동네에서 보냈

다. 사회에 진출한 그는 동네 학원에서 아이들에게 영어를 가르치는 일을 했다. 자연 아이들과 친해지고 그러면서 아이들의 가정형편도 알게 되었다. 어릴 때의 자신처럼 가난으로 힘들어하는 아이들을 그냥 두고볼 수만은 없었다. 그는 아이들이 영어를 공부하기보다 희망이란 걸 알게 하고 싶었다. 인생의 무게에 짓눌려 살면서도 희망을 잃지 않고 사는 사람들의 슬프지만 아름다운 이야기를 손수 적어 아이들에게 나눠주었다. 그렇게 7년을 꼬박 적어서 나눠준 쪽지는 상당한 분량이 되자 책으로 묶였다. 이렇게 탄생한 것이 바로 400만 부가 팔린 국내 대표 스테디셀러 《연탄길》생명의말씀사 | 2016년 8월이다. 책의 한 페이지 한 페이지를 수놓은 등장인물들의 애환은 바로 저자 이철환 씨의 삶이자 그가 목격하고 증언한 '사람의 이야기'이다.

방송국에서 드라마를 연출하던 김민식 씨는 방송 파업에 참여하는 바람에 정직 6개월 징계를 받았다. 드라마를 만들 수 없이 지낸 긴 시간 동안 그는 별로 할 일이 없어 블로그에 매일 글을 썼다. 아니 블로그에 매일 쓰기, 라는 일을 자신에게 만들어 주었다. 그 경험을 엮어《매일 아침 써 봤니?》위즈덤하우스 | 2018년 1월를 출간했다. 그가 쓴 책들

은 이렇게 자신에게 일을 만들어준 결과물이다. 영어 공부 하기라는 일을 만들어 준 덕분에 통번역대학원에 입학했고 《영어책 한 권 외워봤니?》위즈덤하우스 | 2017년 1월를 썼다.

사람은 누구나 나름의 방법으로 세상을 산다. 직업, 취미, 콤플렉스, 그리고 자신의 전 생애를 지배하는 그 어떤 것을 경험한다. 그 경험 중에서 가장 보통의 삶에서 가장 자주 발견되는 보편적인 사람의 이야기에 집중하라. 사람의 마음을 여는 데 감동이라는 열쇠만 한 것은 없다. 공감의 크기가 가장 큰 이야기를 앞세워 글을 쓴다면 당신 삶이 곧 크게 멀리 울리는 책이 될 것이다.

샘플 책을 정하고
나만의 콘셉트를 찾아라

당신의 이야기를 시작하기 전에 먼저 가장 믿음직스럽고, 나도 이렇게 쓰고 싶다는 생각이 들게 한 책을 한 권 고른다. 바로 이 책이 당신의 지침서이자 샘플이 되는 것이다. 이 책 혹은 이야기를 꼼꼼하게 살펴보라.

전반적으로 어떤 내용이며 어떻게 시작하고 어떻게 끝났으며 각장마다 주제가 어떠한지를 살피자. 글의 시점이 주관적인 1인칭인지, 혹은 3인칭의 객관적 시점에서 썼는지 살피고 경어체로 썼는지 평서체로 썼는지도 살피자.

그런 다음 샘플북의 목차를 당신의 파일에 옮겨 적어가며 저자가 이야기를 하기 위해 어떤 순서로 이야깃거리를 꿰었는지 살핀다. 눈으로 보는 것보다 이렇게 베껴 써보면 훨씬 내용 파악이 잘 된다. 누군가의 삶에 대한 이야기는 저마다 글쓴이의 취향이 반영되어 십인십색으로 보이지만, 내용을 일일이 해체해보면 대개는 몇 개의 구성 단위로 이뤄져 있음을 알 수 있다. 태어나서 현재까지 한 개인의 삶이 굵직한 사건이나 연대기 혹은 중요한 사건을 중심으로 서술되어 있기 때문이다.

오프라 윈프리의 전기를 쓴 에바 일루즈는 우리가 자신의 삶을 이해하여 다른 사람에게 전달하는 방법은 어떤 이야기의 형식을 선택하느냐에 따라 달라진다고 말했다. 즉, 희극인가 비극인가 혹은 로맨스인가 풍자인가를 먼저 정함으로써 당신이 쓰고자 하는 이야기의 방향이 정해진다는 뜻이다. 이 '형식'은 당신 이야기의 특성을 구성하는 중요한 축이다. 달리 표현하면 삶을 대하는 당신의 관점이라 할 수 있다. 의도적이든 아니든 당신이 삶을 어떻게 이해해왔는가가 이 축에 고스란히 반영된다는 것이다. 이러한 특성이나 관점은 당신의 이야기가 다른 사람의 이야기들과 구별되는 요소로 작용한다.

좀 더 전문적으로 표현하면, 이러한 기준을 '콘셉트'라 한다. 콘셉트란 당신의 이야기를 다른 것과 차별되게 만들어주는 결정적인 것으로 '이야기를 담는 그릇'이라 할 수 있다. 당신은 인생에 대해 어떻게 생각하는가. 삶에 대한 관점을 확실히 정한 다음 그 관점을 기억하면서 이야기의 내용 쓰기로 들어가자. 설령 그것이 당신의 선택적 기억에 의해 미화된 것인들 어떻겠는가. 아무튼 이야기 쓰기란 지금보다 더 나은 삶을 살기 위한 노력의 하나다. 그러므로 중요한 것은 당신의 삶을 자신의 육성으로 스스로에게 들려주려는 노력이다.

《야생초 편지》도솔 | 2012년 9월를 쓴 황대권 씨는 어느 날 졸지에 유학생의 신분에서 간첩으로 전락한다. 무기형을 받아 복역하던 그는 '어쩔 수 없이' 자신의 몸에 관심을 갖게 되고 만성 기관지염에 요통과 치통을 다스리기 위해 자연요법을 선택한다. 그것 역시 복역 중이라는 부자유한 처지 때문에 여의치 않아지자 운동시간에 운동장에 난 풀을 먹으며 자연요법을 시도한다. 그렇게 그는 '강제 생태주의자'가 되었다.

7년 동안 안동교도소에 있으면서 운동장 한구석에 화단을 만들어 다른 이의 눈에는 잡초로밖에 보이지 않는 야생초를 가꾸었다. 그의 손길로 가꾸어진 안동교도소 화단의 야생초는 100종이나 되었고, 그는 심고 기르는 전 과정을 기록했다. 교도소 안에서는 글을 써서 가지는 것이 금지되어 있으므로 그는 누군가에게 보내는 편지에 그 기록을 이어갔다. 그의 책 《야생초 편지》는 바로 이 기록을 묶은 것이다. 책을 넘기면 참으로 평화롭기 그지없는 글과 그림들을 볼 수 있다. 감옥에서 쓰고 그려 편지로 빛을 본 것들이다. 편지 한 통 한 통에는 글쓴이의 역사가 고스란히 숨 쉬고 있다.

다산 정약용은 전라남도 강진 땅에서 18년이나 유배생활을 했는데 이때는 한창 성장기에 있던 자녀들에게 아버지의 가르침이 절실한 시기였다. 선생은 비통해하는 대신 아들들에게 편지를 썼다.

내가 너에게 과거 공부를 하라고 말한 적이 있었지? 그 당시 너를 아끼던 문인과 선비들은 모두 나를 욕심쟁이라고 나무랐단다. 본격적으로 학문을 시킬 일이지, 왜 과거 따위를 시키느냐고 말이다. 사실 과거에서는 학문의 참뜻을 알 수 없으므로, 나 또한 마음이 허전했었다. 그러나 이제 너는 과거에 응시할 수 없게 되었으니 더 이상 미련을 가질 필요가 없다. 내 생각에 너는 충분히 진사도 되고 과거에 급제할 실력이다. 학연아! 너는 글하는 선비로서 과거의 폐단에서 벗어나는 것과 과거에 급제하는 것 중 어느 것을 택하는 게 낫겠느냐? 어느 편이 나은지는 잘 알 것이다. 너는 독서하기 좋은 때를 만났다. 지난번에 말했듯이 집안이 망했기 때문에 오히려 절호의 기회를 얻은 셈이다.

이 편지는《유배지에서 보낸 편지》창비 | 2019년 10월라는 제목으로 출간되어 지금껏 읽힌다. 전투기 조종사였던 이연세 씨 역시 미국에서 자동차 디자인을 전공하는 아들에게 매주 편지를 썼다. 편지 내용은 주로 4차 산업혁명 시대를 이끌어 갈 세상의 아들들에게 보내는 격려와 조언의 메시지였다. 아버지의 편지들은《Ready For Take Off 이륙 준비 완료》한국청소년보호재단 | 2017년 3월라는 제목의 책으로 출간됐다. 아들이 유학 생활을 잘 마치고 자동차 디자이너의 꿈을 이루고 높이 비상하기를 바라는 마음이 제목에 고스란히 담겨 있다.

개인의 기록물이 그대로 책으로 출간되는 경우는 이외

에도 무수히 많다. 사교육을 일체 시키지 않는 대신 널널한 시간 속에서, 엄마 옆에서, 자연 속에서 실컷 뒹굴고 놀면서 온전히 책과 함께 커가는 육아법을 전파하는 책 육아의 대모 하은맘. 육아 18년 차 엄마로서 몸소 자신의 솔루션인 책 육아 보고서를 일일이 작성했고 보고서에 담긴 내용을 담아《지랄발랄 하은맘의 십팔년 책육아》알에이치코리아 | 2019년 10월를 출간했다.

북카페 주인과 출판사 편집자인 부부가 각자 책을 읽고 일기를 쓴다. 거의 매일 한 권씩을 읽고 쓴 일기는《우리는 나란히 앉아서 각자의 책을 읽는다》난다 | 2017년 12월로 출간됐다. 책을 만드는 사람과 파는 사람, 각기 다른 책에 대한 시선과 관점을 담았다.

하루에 두 권씩 책을 읽는 남편과 독서가 세상에서 제일 재미있다는 아내가 쓴 독서 일기도 있다. 장석주 · 박연준 시인 부부의《내 아침 인사 대신 읽어보오》난다 | 2017년 12월이다.

게으른 '경상도 남자' 강창래 씨는 투병하는 아내를 위해 요리를 시작했다. 떡라면만 겨우 끓여 먹을 줄 알았던 그가 돔베국수와 해물누룽지탕을 만들고 상황버섯 우린 물

로 잡곡밥을 지었다. 그리고 일기장에 그 레시피를 기록했다. 아내가 세상을 떠난 후 그의 레시피와 일기는《오늘은 좀 매울지도 몰라》루페 | 2018년 4월라는 제목으로 출간되었다.

일기는 쓴 사람의 개인적인 정황과 당대의 사회상까지 반영한다는 점에서 훌륭한 이야기다. 일기가 고스란히 책이 되기에는 부족한 점이 있겠지만 자신에게 일어났던 일들을 단순히 기억에 의존하지 않고 일기에 남겨진 정확하고 상세한 기록을 토대로 떠올릴 수 있다는 점은 오히려 긍정적이다.

미국의 유명한 동기부여 전문가 리처드 J. 라이더는 엽서 쓰기를 권한다. 그에 따르면 인생은 여행이며 그 여행은 다른 사람들과 함께하는 것이 중요하다는 사실을 깨우쳐주기 위해 만들어놓은 것이므로 지금 당신이 어디에 있으며 사정이 어떤지를 알려주는 것이 엽서 쓰기의 역할이라는 것이다.

엽서는 편지에 비해 가벼운 마음으로 쓸 수 있으며 따라서 엽서 쓰기의 핵심은 어떤 내용을 쓰는가가 아니라 무슨 말이든 얘기를 한다는 것, 즉 연락을 취하는 행위라고 강조한다. 연락을 취함으로써 '주위 사람들과 대화를 계속 이어나갈 수 있다는 것'이다. 이것이 이야기의 기능이 아니고 무엇일까.

나도 해외여행을 가면 집으로 엽서를 보낸다. 받는 이도 쓰는 이도 나 자신이다. 여행지가 여러 곳일 때는 아예 집 주소를 영문으로 써서 만든 스티커를 가지고 간다. 한 번씩 불태워버려 다 없어지긴 했지만, 엽서 쓰기로 정리된 생각들 또한 내 영혼의 이야기의 한 장(章)을 구성해왔다.

첫 문장에
시간과 정신을 쏟아라

    시작이 반이라지만 이야기만큼은 첫 한 문장이 거의 전부다. 첫 문장을 쓰면 다음 한 줄을 또 그 다음 한 줄을 쓰게 되고 그렇게 한 줄씩 써내려가다 보면 마침내 대망의 마침표를 찍게 된다. 결국 첫 문장에 당신이 생각하는 인생에 대한 관점이 담긴다.

> "이야기의 첫 문장을 쓸 때 재미있는 점은 어디로 흘러갈
>   지 전혀 모른다는 것이다. 나의 이야기가 내가 속한 이곳
>   으로 날 인도한 것처럼."
> -영화 <미스 포터>-

19세기 영국에서 살며 어린 시절의 체험과 풍부한 상상력을 바탕으로 동물들과 친구가 되는 그림을 그려 유명해진 베아트릭스 포터의 삶을 그린 영화 〈미스 포터〉의 첫 대사에서도 알 수 있듯, 첫 문장이란 이야기의 신비로운 시작점이자 입구이다. 그러니 첫 문장을 찾는 것이 이토록 어렵고 체력과 시간을 뺏기는 건 어찌 보면 당연한 이야기인 것이다. 조급한 마음을 버리고 첫 문장에 시간과 정신을 아낌없이 쏟아 부어라.

우리 주변에는 이미 오래 읽히고 널리 읽힌 명서가 많다. 다른 사람이 쓴 이야기의 첫줄은 어떻게 시작하는지 보자. 첫사랑 같은 소설 《러브 스토리》문학의식 | 2019년 11월는 "어디서부터 내 얘기를 시작해야 할까"라고 담담하게 시작된다. 헬렌 켈러는 자서전을 시작하며 "막상 살아온 이야기를 쓰겠다고 시작은 했으나 솔직히 두려움이 앞선다"며 이야기를 쓰는 것에 대한 두려움을 고백한다. 반면 힐러리 클린턴은 "나는 퍼스트레이디나 상원의원으로 태어나지 않았다"고 예의 당당한 태도를 드러낸다.

세계적인 비올리스트 리처드 용재오닐은 "나의 가장 오래된 기억들 중의 대부분은 노란 집에서 시작된다"는 말로,

뮤지컬 퍼포먼스 〈난타〉로 세계를 두드린 문화 거장 송승환은 "뇌리에 깊이 각인되어 좀처럼 잊혀지지 않는 장면이 하나 있다"며 기억 속 한 장면을 전한다.

《톰소여의 모험》으로 유명한 소설가 마크 트웨인은 자서전에서도 그의 작품처럼 위트가 빛나는 첫 문장을 남겼다. '나는 태어나면서부터 고향 마을에 1퍼센트 기여를 했다'고 너스레를 떠는데, 인구가 100명인 마을에 태어나 자신이 1퍼센트를 보탰다는 이야기이다.

노벨상을 수상한 작가 마르케스에게 일생일대의 경험은 어머니와 함께 살던 집을 팔러가던 젊은 날의 하루였던 모양이다. 그의 이야기는 "어머니가 집을 팔러가는 데 함께 가자고 했다"는 말로 시작한다. 결국 어머니와 함께 집을 팔기 위해 같이 했던 2박3일간의 여행이 그의 운명을 바꾸어놓았다. 죽음을 연구해온 전문가 엘리자베스 퀴블러 로스의 자서전《생의 수레바퀴》의 첫 문장은 이렇다.

사람들은 나를 죽음의 여의사라 부른다. 30년 이상 죽음에 대한 연구를 해왔기 때문에 나를 죽음의 전문가로 여기는 것이다. 그러나 그들은 정말로 중요한 것을 놓치

고 있는 것 같다. 내 연구의 가장 본질적이며 중요한 핵심
은 삶의 의미를 밝히는 일에 있었다.

이 첫 부분으로 짐작컨대 엘리자베스 퀴블러 로스는 평
생 자신이 관심을 가져온 것에 대한 세간의 인식이 무척 애
석했던 모양이다. 그래서인지 그는 그의 첫 문장에서부
터 온몸이 마비되며 일생을 걸고 연구해온 죽음에 가까
이 다가가는 경험을 하나하나 녹여낸다. 당신도 '지금 와
서 생각하니 삶이란 이런 것'이라는 총평으로 이야기를 시
작할 수 있을 것이다. 어쩌면 생애 최고의 경험을 한마디
로 서술하는 문장으로 시작할 수도 있다.

첫 문장을 뽑지 못해 고심 중이라면 이는 격려 받을 일이
다. 이는 글 쓰는 이라면 누구나 격렬하게 앓는 산통 초입
에 무사히 들어섰다는 뜻이니까. 그러다 어느 날 문득, 처
음부터 내 것이었던 것 같은 문장이 손 안에 떨어지는 경험
을 하게 될 것이다. 나 역시 길고 짧은 글을 숱하게 써오면
서 첫 문장이 인도하는 신비를 자주 경험했다.

매혹적인 첫 문장은 두 번째 문장을 읽게 만들고 두 번
째 문장은 그 다음 문장으로 눈길을 이끈다. 마침내 첫 문장

은 마지막 문장을 읽게 한다. 그러므로 첫 문장에 들이는 공은 이야기 전편에 걸쳐 들이는 노력 못잖아야 한다.

마지막 문장까지 읽게 만드는 첫 줄은 어떻게 써야 할까? 가장 좋은 방법은 호기심을 불러일으키는 것이다. 궁금증을 유발하는 문장을 던져놓고 그것이 무슨 뜻인지 이어지는 문장을 읽어가며 의미를 찾아내게 만드는 방법이다. 다음 이야기를 보자.

> 1930년 3월 1일, 그날 오자르 마을의 오후는 참을 수 없이 더웠다. 신발을 신지 않은 다무는 최대한 빨리 뛰었지만 이글거리는 땅에 닿을 때마다 발바닥이 타들어가는 것 같았다.

대관절 1930년 3월 1일이 무슨 날이기에 다무는 뛰어야 했을까? 영문은 모르겠지만 긴박한 상황이 전개되는 것 같아 빨리 다음 구절을 읽고 싶어진다. 불가촉천민에서 세계 경제를 좌우하는 지도자가 된 나렌드라 자다브의 생애를 그린 《신도 버린 사람들》김영사 | 2007년 6월은 닿기만 해도 부정하게 여겨지는 불가촉천민으로 태어난 소년의 필사

적인 달음질을 보여주는 것으로 단숨에 인도의 현실 속으로 독자를 끌고 들어간다. 비슷한 예는 또 있다.

그것은 바로 거기, 테이블 한가운데 놓여 있었지만 나는 감히 손을 내밀지 못했다.

미국 마케팅 기업 암웨이의 창업자 제이 밴 앤델은 《영원한 자유기업인》아름다운사회 | 2011년 2월에서 "몸이 마음대로 움직여주질 않아 그것을 잡을 수 없었다"는 고백으로 이야기를 시작한다. 그것이 뭘까? 독자 입장에서는 서둘러 다음 문장을 읽고 싶어질 수밖에 없다.

자료 조사는 성실하게,
구성은 상냥하게

나는 이야기란 지나간 삶의 족적들을 삶이라는 이름의 조개가 품은 진주라고 생각한다. 상처 받을 그 당시 우리는 얼마나 힘들고 아팠는가. 하지만 큰 고통을 견뎌내고 남은 흉터는 이제 당신 삶에 글이라는 진주로 돌아온다.

글이라는 진주가 모이면 이제 진주를 꿰어 목걸이를 만들어야 할 때다. 글 자체로도 값어치가 있지만, 더욱 전문적이고 풍성한 내용의 깊이를 갖추어 콘텐츠적인 가치를 올리는 작업이 필요하다. 원석을 갈고 닦아 반지로 만드는 작업, 꽃다발을 보기 좋게 포장하는 작업이 이에 해당한다. 회상, 소장 자료들을 통한 기억 등 다양한 방법을 동원해 더욱 빛나게 할 자료를 동원해보자. 아름답고 귀한 당신만의 콘텐츠는 당신이 품을 들이는 만큼의 가치를 안겨 줄 것이다.

영화로도 만들어진 노먼 F. 매클린의 소설《흐르는 강
물처럼》연암서가 | 2014년 5월은 작가의 두 아이, 존과 진이 어렸
을 때 아버지에게 듣던 이야기를 책으로 갖고 싶어 한 덕
분에 탄생되었다. 이야기를 책으로 쓰기 위해 노먼 매클
린은 자료 조사에 매진했고 수많은 전문가의 자문을 구했
다. 그는 그의 개인적인 이야기를 쓰는 데, 그것도 사실관
계의 중요성을 그리 중요시하게 따지지 않는 소설을 쓰면
서 그렇게까지 자료 조사에 공을 들인 이유에 대해 이렇
게 밝혔다.

> 어른들보다 더 많이 아이들은 자신들이 태어나기 전의 세
> 상이 어땠는지, 특히나 지금은 이상하게 보이거나 사라
> 져버렸지만 한때는 부모들 옆에서 엄연히 존재했던 세계
> 의 어느 부분들에 대해 알고 싶어한다. 그래서 나는 오래
> 전 주요 도로가 경주로가 되곤 했던 서부 지역에서 말들
> 과 사람들이 어떻게 함께 생활했는지에 대해 설명해주었
> 고 내 아이들을 리틀 레드라이딩 후드의 숲이 아닌 실재
> 하는 숲으로 데려가는 일을 상당히 중요하게 생각했다.

이처럼 경험과 이야기에 어울리는 자료를 곁들이는 것은 상당히 중요한 것이다. 특히나 지금 시대에는 이미지 콘텐츠를 곁들인 책에 대한 독자 호응도가 크다. 글을 쓸 하나의 주제가 정해지면 우선 그와 관련한 자료를 모아야 한다. 일러스트 제작이 가능하다면 좋겠지만, 아니라면 직접 촬영한 사진이나 당신과 관련된 사진이 좋다. 일관성 있게 당신의 이야기를 담을 수 있고 무엇보다 저작권, 초상권, 재산권 등의 문제 상황을 미리 방지할 수 있기 때문이다.

게티이미지뱅크, 픽사베이 무료 이미지 사이트 등이 많아져 무료 이미지를 접할 기회가 많아졌지만 우리가 사용한 이미지들은 모두 누군가가 저작권을 가진 저작물이다. 원칙적으로 저작권자의 이용허락을 받아야 하며, 주의하지 않으면 저작권 문제로 곤란을 겪을 수 있다.

무료 이미지라고 하더라도 크리에이티브 커먼즈(Creative Commons) 라이선스 표기를 잘 살펴보아야 한다. 저작권자를 CC로 표기하는데 이 뒤에 무엇이 붙느냐에 따라 의미가 달라진다. CC뒤에 숫자 '0'이 붙으면 말 그대로 이미지 저작권자가 저작권을 포기하거나 기부해 저작권이 '제로'라는 뜻이다. 상업적 용도의 사용 및 출처를 밝히지 않아도 사용할 수 있는 무료 이미지임을 뜻한다.

CCL(License)도 같은 의미로 받아들여지지만, 이는 저작권자가 일정 조건 안에서 자신의 저작물을 자유롭게 쓸 수 있게 미리 허락했다는 의미다. '조건부 저작권 프리'이기 때문에 경우에 한해서만 자유롭게 이용할 수 있다. 이처럼 글자 하나에도 의미와 뜻이 다르니 저작물이니 제3자에 의해 만들어진 자료 사진이라면 인터넷 검색을 통한 디지털 자료는 물론 언론자료, 책 등에서 수집한 자료는 반드시 이용 허락 및 사용 여부를 확인해봐야 한다.

저작권자의 허락을 받았다고 해도 사진 안에 유명 자동차, 특정 건물 또는 식별할 수 있는 사람의 얼굴 등이 포함된 경우 재산권이나 모델 초상권 문제가 발생할 수 있다. 특히 무료 이미지 제공 사이트의 경우 콘텐츠 검열이 엄격하지 않아 분쟁의 위험요소가 크다. 사전에 이용할 수 있는 범위에 대해 확인하거나 안전한 유료 이미지 사이트를 이용하는 것을 추천한다.

'말' 역시 좋은 자료가 될 수 있다. 당신의 주장을 전개하고나 할 때, 권위 있는 전문가가 목소리를 보탠다면 어떨까? 글의 신뢰가 훨씬 높아질 것이다. 그러니 나의 이야기에 어울리는, 내가 하고자 하는 말과 맞닿아 있는 권위자나 유명인의 이야기를 부지런히 귀담아 듣고 기록해두자. 도서, 잡지, 온라인 미디어 기고문을 부지런히 찾아보고 기록하는 것이 좋다. 여기에서 더 나아가 당신의 이야기에 직접 적으로 답을 하길 바란다면 과감하게 인터뷰를 시도해보라.

인터뷰는 관련 직업군이 아니라면 할 수도 없고 받아주지도 않을 것이라고 생각하지만, 우리가 많이 보는 기사 속 전문가들의 인터뷰는 보통 질의서를 주고받는 형식으로 진행된다. 다시 말해, 인터뷰할 내용을 질의서로 잘 정리해 보내면 당사자에게 답변을 받을 확률이 높다는 것이다. 당신이 어떤 책 출간을 기획하고 있는지, 그리고 어떤 생각이 궁금한지, 정중하고 확실한 내용으로 질문지를 작성해서 보내면 회신을 받을 가능성은 높다. 그러니 미리 겁먹지 말고 시도해보라.

전문가 입장에서는 자신의 지식을 밖으로 나누는 일은 귀찮거나 불쾌한 일이 아니다. 오히려 잘 정리된 질의서를 받는 것은 유쾌한 일이 될 수도 있다. 시간을 갖고 생각할 수 있기 때문이다. 더러 자신도 생각지 못했던 어떤 물음에 대하여 답을 찾는 동안 고민하던 문제가 해결되는 등의 뜻밖의 소득을 얻게 된다는 사람도 있다.

이렇게 확보한 자료들은 일련의 구성 작업을 거쳐야 한다. 자료는 말 그대로 자료일 뿐이다. 아직 아무 생명력도 지니지 못한다. 글과 자료의 상관관계를 발견하고 특정한 의미를 읽어내 배치할 때 비로소 가치를 갖게 된다. 이는 마치 씨줄과 날줄을 정교하게 직조하는 과정과 같다. 처음 글쓰기를 할 때 예비 작가들이 힘들어 하는 부분이 바로 이 지점이다. 아직 날것인 자료를 엮어 이야기를 하려하기 때문이다.

자료들만 모아서는 이야기가 진행되지 않는다. 자료 가운데 특정한 의미의 상관성을 확보하라. 그리고 그 순서에 맞춰 정리하라. 자신의 이야기일 때는 더욱 더 냉정하고 객관적으로 검토해야 한다. 어려운 개념을 소개할 때는 쉬운 예를 덧붙이는 것이 좋다.

나는 글을 쓰는 작가이자 글을 쓰게 하는 글쓰기 코치다. 그리고 기업에 의뢰를 받아 그들이 고객에게 전하고자 하는 메시지를 압축해 쉽고 빠르게 전할 최선의 방법을 찾아주는 '마케팅 라이터'이기도 하다.

제주도 남쪽 바닷가에 '건강과 성 박물관' 개관 당시, 박물관을 설립한 김완배 회장의 이야기를 스토리텔링해달라는 의뢰를 받았다. 건강 및 보건교육을 수행한 회사에 몸담고 있는 사람, 전 세계를 돌며 100억 원을 투자해 성생활 관련 희귀 유물을 사 모은 사람, 그리하여 제주도에 섹스뮤지엄을 만든 사람······. 인터뷰와 취재를 마치고 이 일생과 관련된 자료 수집이 끝났을 때, 나는 이 자료를 관통하는 뼈대를 찾을 수 없었다. 김완배 회장의 삶과 그간의 건강 비즈니스와 섹스박물관 건립 스토리가 한 반죽으로 뭉쳐지지 않고 자꾸 겉도는 느낌이었다. 자료의 순서와 우위를 정해야 했다. 뼈대가 분명하지 않으면, 상관관계를 제대로 읽어내지 못하면, 황색 매체에나 나오는 퇴폐적인 홍보 기사가 일색이 될 게 분명했다.

결국 나의 선택은 '섹스=건강 콘텐츠'라는 키워드를 전면에 내세우는 것이었다. 김완배 회장의 전·현직 커리어를 검증한 결과, 모든 이력은 '건강'이라는 키워드 하나로 압축되었다. 마침내 "기품 있는 인간으로서 좀 더 건강하고 행복하게 살기 위해서는 사랑·섹스·임신·성병에 대한 올바른 지식과 정확한 정보를 알아야 한다는 것이 김완배 회장의 지론"임을 내세워 이야기를 풀어갔다. 이러한 지론을 구체적으로 구현한 것이 박물관이며, 앞으로 박물관에서는 성을 주제로 성건강·성문화·성교육에 대한 정확하고도 다양한 정보를 제공하고 체험을 통해 함께 나누게 하겠다는 것이 그가 제시하는 박물관의 비전이라고 정리했다. 뼈대가 견고해지자 그가 박물관을 처음 기획하고 100억 원이라는 자비를 투자하고 제주도 부지에 박물관을 만들기까지의 서사에 따라 자료가 제 순서와 자리를 찾아갔다.

마이닝이 내 글에서 부족한 부분을 보충하는 작업에 해당한다면 콘셉팅(Concepting)은 이야기의 핵, 즉 당신이라는 주인공을 어떤 존재로 포지셔닝할 것인가, 결정하는 작업이다. 여기 두 권의 책이 있다.

-세상이 바뀐 줄도 모르고 옛날 일을 고집하는 사람이 쓴 책
-세상이 바뀌어도 자신이 하는 일의 중요성을 알기에 사명감을 가지고 자신의 업을 고수하는 사람이 쓴 책

당신이라면 누구의 책을 읽겠는가? 같은 글이라고 해도 그 주인공이 누구냐에 따라, 주인공의 포지셔닝만으

로 그 가치가 달라질 수 있다. 때로는 글의 최종적인 가치가 결정되는 매우 중요한 작업이다.

자화상은 당신 손으로 직접 그려야 한다. 다른 이에게 당신의 이미지를 내맡기지 말라는 얘기다. 아무리 유능한 작가가 대신 써준다 해도 나의 속내를 자신만큼 속속들이 짚어낼 수는 없다. 무엇보다 한번 잘못 칠해진 그림은 덧칠로는 바로 잡기 힘들다. 더 추해질 뿐이다. 애초에 다른 사람이 편견과 선입견으로 당신을 재단하고 이어붙이지 못하도록 당신이 먼저 자신을 그려 보여주어야 한다. 이에 대해 부시 부시 전 대통령의 아버지 조지 허버트 W. 부시는《맡아야 할 본분》두레박 | 2001년 4월에서 이렇게 말했다. "다른 사람들로 하여금 자신을 정의하게 해서는 안 된다." 그의 가르침을 받아서일까. 미국의 역대 대통령들은 이미지 콘셉팅에 매우 일가견이 있는 사람들이다.

이 책이 이야기라 불리든 회고록이라 불리든 가족사나 또 다른 어떤 것으로 불리든 전 상관없습니다. 이 책을 쓴 이유는 제 생애의 한 부분을 정직하게 털어놓고 설명하고자 하는 것이었습니다.

버락 오바마 전 대통령은 《내 아버지로부터의 꿈》랜덤하우스코리아 | 2007년 7월에서 자신의 모든 것을 낱낱이 고했고 나중에 민주당 대통령 후보로 출마했을 때 언론이나 상대 후보로부터 받을 그 어떤 공격도 미리 막아냈다. 그는 다른 사람이 자신을 임의로 그리는 것을 허락하지 않았다. 그는 자기 입맛에 맞는 초상화, 즉 자화상을 그려 그림이 돋보이는 액자에 끼워 사람들이 잘 보이는 곳에 걸었다. 사람들은 근사한 액자에 끼워진 멋진 자화상을 통해 그를 바라보았다. 보통 사람들 눈에 비친 그들의 자화상은 하나의 명화였다.

빌 클린턴 전 대통령 역시 태어나기 전에 아버지를 여읜 유복자로서의 자신의 성장기를 다음과 같이 해석함으로써 '남다른' 의미 부여에 성공했다.

나는 나의 아버지 때문에, 보통 아이들보다 어린 나이에 나 자신의 죽음에 대해 생각했습니다. 나는 아버지 때문에, 나 역시 젊은 나이에 죽을 수도 있다고 생각했습니다. 그런 생각을 해서인지 매순간 인생을 최대한 활용하며 살았고 매번 더 큰 도전을 해야겠다는 결심을 하곤 했습니다. 그래서인지 나는 설사 어디로 가야 할지 잘 모르는 경우에도, 늘 어딘가를 향해 서둘러 가고 있었습니다.

빌은 유복자라는 불우한 자신의 태생을 '도전의 발판'으로 바꾸었고 최종적으로 스스로를 환경을 딛고 도전에 성공한 젊고 패기 넘치는 정치인으로 콘셉팅 하는 데 성공했다. 그리고 이 자화상은 성추문이 터진 후 한차례 덧칠됐다. 그는 자서전 《빌 클린턴의 마이 라이프》물푸레 | 2004년 6월에서 유년시절 아버지가 여러 번 바뀌는 가족사를 경험했고 이 같은 어린 시절의 상처가 성추문 스캔들에 시달리는 배경이 되었다고 말했다. 클린턴은 고통스러웠던 어린 시절 갖게 된 불안감이 불륜을 비롯한 자신의 모든 실수의 원인이라고 밝힘으로써 숨기고 싶었던 이야기를 다시 발표한 것이다.

이런 사정은 우리나라에서도 찾아볼 수 있다. 2000년부터 해마다 거액을 들여 마침내 6,000억 원대의 장학재단을 만든 이종환 삼영그룹 회장이 8년 전 처음 1,000억 원을 내놓을 때만 해도 뒷공론이 무성했다. 그의 출연 소식과 거의 동시에 부인이 이혼 및 거액의 재산분할을 청구했다는 소식이 들려왔기 때문이다. 삼영화학 창업 50주년을 맞아 2008

년 5월 출간한 이야기 《정도》관정교육재단 | 2008년 5월에는 이 회장의 기부에 대한 설명이 잘 나와 있다.

내가 돈을 모은 시절에는 버는 방식이 거칠 수밖에 없었다. 록펠러도 불법 거래, 정경유착, 노조 탄압으로 재산을 모았지만 말년에 사회에 다 내놓고 갔다. 악인과 선인이라는 세간의 잣대를 많이 생각한다. 지난 내 인생에도 분명 선악이 있다. 다만 남은 생은 선으로 악을 씻는 일에 매진할 것이다.

이로써 수년 동안 계속되었을지 모를 기부에 관한 루머가 마무리 되었다. 그는 사람들의 입방아를 무시하거나 못하게 가로막는 어설픈 방법 대신 자신의 초상화를 손수 그렸다.

지, 이것이다. 콘셉트를 확보는 것은 인생에 일어난 수많은 사건 사고를 어떻게 해석하고 어떻게 의미 부여할 것인가에 달렸다. 당신에게 일어난 일을 낱낱이 살펴보라. 당신의 그 수많은 이야깃거리들은 무슨 메시지를 전하고 싶어 그토록 다양한 방법으로 당신에게 일어났는가를. 들여

다보고 해석하라. 그리고 이제 당신만의 대서사시를 풀어
낼 만반의 준비를 마쳐라.

글쓰기 습관이
작가 수명을 좌우한다

앞서 제시한 내면 탐험으로, 혹은 당신만의 특별한 방법으로 쓸거리를 찾았는가. 그리고 앞으로 계속 써나가야 할 글 주제를 드디어 선정했는가. 그럼 지금부터는 마라톤이다. 매일 글을 쓰는 게 익숙해져서 내 호흡, 내 습관으로 자리 잡을 때까지 계속 써나가라.

형편없는 작가가 제법 괜찮은 작가로 변하기란 불가능하고 또 훌륭한 작가가 위대한 작가로 탈바꿈하는 것은 불가능하다. 그러나 무명 시절동안 계속해서 독서와 습작을 해왔을 경우 시의적절한 도움을 받으면 괜찮은 정도의 소설가도 훌륭한 소설가가 될 수 있다.

"글쓰기에 천재는 없다"고 단언하는 스티븐 킹은, 무명시절부터 거장이 된 이후까지 매일 아침에 일어나 점심 무렵까지 2,000자 글쓰기를 하고 잠자리에 들기 전 퇴고하는 글쓰기 습관을 유지한 것으로 유명하다. 그는 자신의 창작론을 담은 《유혹하는 글쓰기》김영사 | 2017년 12월에서 글쓰기 습관의 중요성을 거듭 강조하는 한 편, 꾸준하고 꿋꿋하게 글을 쓴 이가 만나게 될 영감의 순간 과 뮤즈의 존재가 한 사람의 인생을 어떻게 바꿀 수 있는지 그 극적인 변화에 대하여 다음과 같이 장담하기도 했다.

작은 날개를 달고 시가를 문 뮤즈라는 작자는 마술이 가득 든 자루를 가지고 있다. 그 속에 여러분의 인생을 바꿔놓을 것들이 가득하다. 내 말을 믿으시라.

일본의 대표 작가 무라카미 하루키는 반드시 하루에 200자 원고지 20매를 쓴다. 이 분량은 절대적인 것으로 좀 더 쓰고 싶더라도 20매에서 멈추고, 뭔가 좀 안 된다 싶은 날도 어떻게든 노력해서 20매를 채운다. 컨디션과 관계없이 매일 4,000자 글쓰기를 하는 것이다.

《개미》의 베르나르 베르베르 역시 규칙적인 글쓰기 습관으로 유명하다. 자수가 아니라 시간제인데 오전 여덟 시에 책상에 앉아 정오까지 오직 글쓰기에 집중한다. 만약 시간을 다 채우기 전에 집필 중이던 소설이 완성된다면? 글쓰기를 끝내는 것이 아니라 곧바로 그 다음 작품 집필에 들어간다.

일본의 또다른 대표 소설가 무라카미 류. 어느 날 그가 F1 그랑프리 출전을 앞둔 카레이서를 만났다. 그는 훤칠하고 잘생긴 외모의 20대 초반 남성이었다. 무라카미 류는 물었다. 당신도 평범한 남자들처럼 술 마시고 마음에 드는 여성과 데이트를 하거나 영화를 보고 파티에 가고 싶지 않느냐고. 그러자 그가 답했다.

저도 놀고 싶고 그게 얼마나 즐거운지도 알아요. 좋아하는 여자와 즐거운 시간을 보내는 건 정말 행복한 일이죠. 다만 그 좋은 기분이 얼마나 길게 이어질지는 잘 모르겠습니다. 잠시 계속되겠지만 며칠, 몇 개월, 몇 년이나 이어지지는 않을 겁니다. 그러나 레이스에서 멋진 기록을 내면 정말 하늘을 날 것 같습니다. 그럴 때마다 만약 F1 그랑프리에서 우승하면 어떤 기분일까, 얼마나 기분이 좋을까, 상상해봅니다. 그런 기분을 느끼면 데이트할 시간이 없는 건 전혀 고통스럽지 않아요.

당신에게 있어 평생 이어질 행복은 어떤 것인가? 내 집을 마련하는 것? 변호사 시험에 합격하는 것? 산티아고를 걸은 것? 마라톤을 완주한 것? 동기를 제치고 임원으로 승진되는 것? 평생 이어질 행복한 기분을 느끼게 하는 일은 사람의 숫자만큼 많고 다양할 것이다. 그럼 내 이름으로 책을 한 권 내는 건 어떨까. 경험자로서 말하건대 내 책 한 권을 갖는 것은, 그만큼 정제된 나의 이야기를 만든다는 것은 '평생 우승' 그 자체이다.

5장

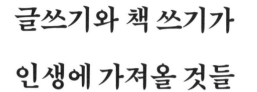

글쓰기와 책 쓰기가

인생에 가져올 것들

내가 낳는 글쓰기,
나를 남기는 책 쓰기

미국의 명문대학교들은 졸업식에 유명인사를 초청해 졸업생들을 위한 축사를 청한다. 인사들은 이 자리에서 자신만의 화법으로 세상에 첫발을 내딛는 졸업생을 응원한다. 이들의 축사가 오랫동안 회자되는 것은 화려한 미사여구로 꿈을 향해 가는 여정을 응원해서가 아니다. 오히려 그 길은 꿈을 향하기에 더 거칠고 힘들다는 것을, 그럼에도 불구하고 가야 할 길이 있다는 것을 강조하고 설득하기 때문에 큰 울림을 선사하는 것이다. 자신들의 암울하기 그지없던 시절을 이야기하며 당부하기에 듣는 이들은 귀 기울일 수밖에 없다. 다음은 수천번 수만번 인용되는데도 들을 때마다 사람들을 감동하게 하는 이야기들이다.

애플의 창업자 스티브 잡스. 그는 2005년 스탠퍼드대학교 졸업식에 참석했다. 그는 이 자리에서 다음과 같은 메시지를 전하고 싶었다. "자신이 진정 좋아하는 일을 하라. 그 일에 믿음을 갖고 충실히 하라. 이 모든 것을 시작할 용기를 가져라." 그는 더없이 훌륭하지만 관념적이기 그지없는 이 메시지를 전하기 위해 거창한 말을 되풀이 하는 대신, 자신의 인생을 들려주는 방법을 택했다.

세계 최고의 명문으로 꼽히는 이곳에서 여러분의 졸업식에 참석하게 돼 큰 영광입니다. 사실 저는 대학을 졸업하지 못했습니다. 대학교 졸업식에 와보는 건 태어나 처음입니다. 오늘 저는 여러분께 제가 살면서 겪은 세 가지 이야기를 해볼까 합니다. 별로 대단한 이야기는 아닙니다만…….

그는 태어나자마자 친부모의 손을 떠나 한 가정에 입양된 이야기부터 대학에 들어간 후 자퇴를 마음먹게 된 이유, 자신이 세운 회사에서 해고당하게 된 사연, 암 선고를 받은 후 치료를 거쳐 애플로 돌아오기까지의 과정, 아이팟의 신화를 거듭 구축하기까지의 생애를 담백하게 털어놓았다. 이날 스탠퍼드대학 졸업생들은 운이 좋았다. 스티브 잡스라는 거물의 생애를 통해 그가 전하려고 한 메시지를 오롯이 받아들일 수 있었으니까.

미국 제44대 대통령 버락 오바마의 연설은 주로 그 자신과 주위 사람들에 대한 이야기로 시작해서 이야기로 끝난다. 그는 몇 권의 책과 칼럼과 연설을 통해 자신의 불우했던 어린 시절을 드라마틱하게 재구성한 바 있다. 그의 이야기는 미국 유권자들은 물론 미국 밖의 많은 사람들도 그를 지지하게 만들었다. 마침내 대통령에 당선된 후 가진 연설에서 공약이나 소감 대신 한 인물의 일생을 압축해 들려주었다.

앤 닉슨 쿠퍼는 106세의 흑인 여성입니다. 그녀는 한 세기 동안 미국이 진보하는 것을 지켜봤습니다. 그중에서도 가장 극적인 변화는 자동차도 비행기도 없던 시절, 여자였고 흑인이었기 때문에 투표는 상상조차 할 수 없던 그녀가 당당하고 당연하게 투표권을 행사하게 된 것입니다. 그녀가 그랬듯 우리도 할 것이며 끝내 해낼 것입니다.

그날 밤, 오바마의 연설을 들은 미국 국민들은 자신들의 선택에 대한 안도와 미래의 희망에 부풀어 잠들었다.

우리 시대 최고의 엔터테이너이자 희망전도사인 오프라 윈프리. 방송인, 할리우드 최고의 부자, 세계에서 가장 영향력 있는 인물, 자선사업가, 교육가……. 어떤 수식어도 그 앞에서는 불필요하게 느껴진다. 그는 1976년부터 〈오프라 윈프리 쇼〉를 통해 수많은 이들에게 용기와 희망을 선물했다. 1990년대 초반 어느 날, 아동학대 희생자를 인터뷰하다가 그 자리에서 즉흥적으로 자신이 받았던 어린 시절 성적 학대 경험을 털어놓았다. 개인적인 이야기를 방송 전면에 끌어넘으로써 어린 희생자들이 더 이상 학대받지 않도록 노력하겠다는 의지를 표명했고, 이 노력은 빌 클린턴 당시 대통령으로 하여금 '전국아동보호법안'에 서명하게 만들었다.

여기서 예로 든 스티브 잡스, 버락 오바마, 오프라 윈프리 모두 수많은 대중 앞에 자신의 삶 중 어두운 단면을 꺼내보였다. 이는 큰 용기가 필요한 일일 것이다. 삶의 질곡에 빠져 허우적거리다 보면 삶의 의미는커녕 내가 왜 살아야 하는지 이유조차 잊기 쉽다. 아니, 솔직히 그런 것을 생각할 여유조차 없다.

그럼에도 불구하고, 담금질해 밖으로 꺼내진 이야기는 사람들의 입에서 입으로 회자되면서 확대되고 재생산되는 메커니즘을 가지고 있다. 비슷한 환경을 경험하는 다른 이에게 반면교사가 되기 때문이다. '나와 비슷한 처지의 사람이 있구나. 이런 사람은 이런 상황에서도 살았구나. 이런 사람은 이렇게 상처와 고통을 견뎌냈구나. 나도 살아야지' 하는 공명은 커다란 감동과 위안을 준다.

배우 김윤진은 자서전《세상이 당신의 드라마다》해냄 | 2007년 5월를 통해 안면마비로 배우 생활을 포기할 위기를 겪었다고 고백했다. 그는 이미 2002년 청룡영화제 여우주연상을 수상한 인기 정상급 배우였다. 그런 그가 아무 미련 없이 할리우드로 떠난 것이다. 그는 서른 살의 동양 배우라는 핸디캡을 안고 직접 만든 PR 테이프를 들고 에이전시를 찾아 나섰다. 오디션을 위해 대본이 닳도록 연습했다. 노력 끝에 미국 ABC방송국의 전속계약을 따냈지만 동시에 청천벽력 같은 진단이 내려졌다. 안면마비였다.

담당의는 완치되지 않을 수 있다고 진단했지만 그는 '이 깟 바이러스 때문에 내 꿈을 포기할 수 없다'며 치료에 적극적인 태도로 임했다. 그리고 의사도 놀랄 만큼 짧은 시간 안에 회복했다. 마침내 그는 ABC 드라마 〈로스트〉 오디션을 통해 대본에 없었던 '선'이라는 역할을 만들어내며 할리우드에 진출했다.

김윤진의 이야기는 말 그대로 한 편의 영화다. 주인공 김윤진의 눈물겨운 투병이나 도전에의 의지는 물론, 할리우드라는 정상에 입성하고 자리 잡기까지 그가 겪은 수모와 고초는 어려운 환경에 좌절했던 많은 이들에게 격려가 되었다.

외신을 통해 세계에 널리 알려진 재미교포 의사 이승복 씨. 그는 세계 최고의 외과병원으로 알려진 존스홉킨스병원 재활의학과에 재직한다. 그는 미국에서 단 두 명뿐인 사지마비장애인 의사 중 한 사람으로 휠체어를 타고 진료하는 그의 존재 자체가 재활의학 병동의 에너지다. 그가 쓴《기적은 당신 안에 있습니다》황금나침반 | 2005년 8월는 전미 올림픽 상비군의 촉망받는 체조선수였던 그가 훈련 도중 사고로 사지마비장애인이 된 후 세계 최고의 존스홉킨

스 병원의 수석 전공의가 되기까지 그야말로 눈물겨운 사연들이 담겨 있다. 그의 존재만으로도 수많은 사람들이 위로를 받는다.

엘리자베스 퀴블러 로스는 일흔한 살의 나이에 자신의 이야기 《생의 수레바퀴》황금부엉이 | 2019년 7월를 출간했다. 이 책은 죽음이 멀지 않은 '죽음 전문가'로서 살아온 삶과 죽음에 관한 이야기가 주축을 이룬다. 그의 파란만장한 생애의 갈피마다 끼워진 삶과 죽음, 행복, 사랑에 관한 그의 이야기와 지혜들은 많은 사람들이 자신의 생애를 돌아보게 만든다. 그리고 삶이 그 무엇보다 중요하기에 안락사조차 반대한 의사였던 그의 주장을 통해 독자들은 삶의 중요성에 대해 새롭게 인식한다. 책을 덮을 때쯤 독자들은 살고 있다는 것, 그 자체로 인생은 얼마든지 숭고하다는 것을 깨닫는다.

《거꾸로 가는 시내버스》보리 | 2006년 6월의 저자 안건모 씨는 전직 버스기사다. 그는 어른으로 살면서 기성사회와 맞지 않는 데서 오는 가슴앓이를 해야 했다. 글을 통해 그것을 풀어내기까지 그는 늘 앓았다. 그에게 글쓰기라는 치료법이 있다는 것을 알려준 이는 이오덕 선생이었다.

이오덕 선생은 언제나 "글은 일하는 사람이 써야 한다"

고 주장해 왔었다. 이오덕 선생을 만나 글쓰기에 대한 생각을 고쳐먹기 전까지 안건모 씨는 글이란 배운 사람이 쓰는 것이며 글쓰는 방법을 제대로 알고 있어야 쓸 수 있다고 생각했다. 그러던 중 일하는 이들이 글을 써 발표하는 〈작은 책〉이라는 잡지를 발견하고 자신과 같은 노동자도 글을 쓸 수 있다는 것을 깨달았다고 한다.

마침내 안건모 씨는 살아온 이야기를 쓰고 일에 대해서 쓰고 가슴앓이를 불러온 주제에 대해서도 썼다. 그렇게 써 모은 글은 책으로 나왔다. 글을 쓰고 발표할 수 있게 되어 가슴앓이도 다 씻었다.

'치료 요법'이라고 번역되는 '세러피'라는 말은 의학적인 치료 외에 사용되는 치유방법을 말한다. 음악치료, 미술치료, 향치료, 운동치료 등 다양한 방법이 있는데, 이 가운데 저널세러피라는 방법이 있다. 말 그대로 글쓰기를 통한 치유법으로 생각이 흘러가는 대로 자유롭게 글을 쓰는 동안 치유의 효과를 얻게 된다.

글쓰기 치료는 글을 쓰면서 글쓰는 이의 내면에 존재한 지혜가 그가 가야 할 곳으로 그를 데려간다고 믿는 데서 시작되었다고 한다. 글을 쓴다는 것은 이처럼 치유 효과가 크다. 자신의 생애를 더듬어 글로 써내는 이야기는 그때 그때 단편적인 내용을 쓸 때보다 훨씬 더 큰 치유 효과를 자랑한다. 베스트셀러 작가 스티븐 킹은《유혹하는 글쓰기》에서 글쓰기의 치유 효과에 대해 이렇게 설명한다.

글쓰기는 창조적인 수면 효과를 가지고 있다. 글쓰기에서든 잠에서든 육체적으로 안정을 되찾으려고 노력하는 동시에 정신적으로는 낮 동안의 논리적이고 따분한 사고방식에서 벗어나려고 노력한다. 그리고 정신과 육체가 일정량의 잠을 자듯이 깨어 있는 정신도 훈련을 통하여 창조적인 잠을 자면서 생생한 상상의 백일몽을 만들어낼 수 있다.

베르나르 베르베르 역시 2007년《파피용》국내 출간 당시 진행된 중앙일보와의 인터뷰에서 같은 고백을 한 바 있다.

나를 작가로 만든 것은 원인 모를 불안이었다. 그것을 넘어서기 위해 글쓰기라는 치료를 시작했다. 글을 쓰면 마음이 편안해졌다. 효과가 좋았고 주위의 반응이 좋아 나는 작가가 되었다. 글쓰기란 세계에서 일어나는 좋지 않은 일들에 대한 반응일지도 모른다.

나 또한 우울하거나 분노하거나 슬플 때 글을 쓴다. 생각나는 대로 정신없이 쓰고 나면 설움 끝에 잔뜩 울고난 것처럼 속이 후련하다. 흙탕물에 빠져 오물 범벅이던 정신을 맑은 물에 몇 번이고 헹구어낸 듯한 느낌이 든다. 그리고 왜 그렇게 우울하거나 분노하거나 슬펐는지도 헤아리게 된다. 뇌가 감정의 지배를 받다가 글쓰기라는 과정을 통해 감정을 지배하는 상태로 바뀌는 것이다. 나아가 그러한 감정을 초래한 원인에 대해서도 사색하게 되고 해결방법을 찾는 과정에서 문제를 좀 더 깊이 이해하게 된다.

작가 이윤기의 말마따나 "글을 쓰는 일은 길이 없을 줄 알았던 곳에서 또 하나의 마을을 발견하는 일"이다. 실제로 국어교육위원회에서 우울증을 겪고 있는 중년여성을 대상으로 이야기 쓰기를 실험했다. 그 결과 실험에 참여한 모든 여성들이 나중에 우울증에서 크게 벗어났다. 중년여성들의 억압된 감정문제에 초점을 맞추어 그 감정의 뿌리를 찾고 그것에서 벗어나는 심리적인 치료 효과가 있다는 것이 입증되었다.

이야기를 쓰기 위해 지난날들을 되돌아보고 기억을 떠올리고, 그 속의 나 자신을 불러내어 이야기를 나누고 쓰다듬는 과정은 자신과 화해하는 과정이다. 지금의 나를 있게 한 그 모든 것이 내게는 참으로 적절한 것들이었다고 인정하고 지금 그대로의 내 성격을 긍정하고 안도할 수 있다. 내 삶과 역사와 화해를 주선한다. 평생을 두고도 하기 힘든 이 모든 과정이 이야기 쓰기로 가능하다. 결국 당신에게 글쓰기를 추천하는 건 당신의 인생이 더 나아지기를 바라는 것이다.

내 글쓰기는
누구도 대신 할 수 없기에

췌장암으로 시한부 인생을 선고 받은 한 교수의 마지막 강의를 담은 동영상이 전 세계에 퍼지면서 천만이 넘는 사람을 눈물짓게 만들었다. 그의 강연 내용은 책으로 출간된 즉시 아마존과 뉴욕타임스 베스트셀러 1위에 올랐다. 책 제목은《마지막 강의》살림 | 2008년 6월. 그는 책의 서문에서 왜 투병 중인 몸으로 강단에 서게 됐는지 그 이유를 밝히고 있다.

지금 내 아이들은 대화를 하기에는 너무 어리다. 모든 부모들은 자식들에게 옳고 그름에 관하여, 현명함에 관하여, 그리고 살면서 부닥치게 될 장애물들을 어떻게 헤쳐 나가야 하는지 가르쳐주고 싶어 한다. 또 부모들은 행여 자식들의 삶에 나침반이 될 수 있을까 하여 자신들이 살아온 이야기를 들려주고 싶어 한다. 부모로서의 그런 욕망이 카네기멜론대학에서의 '마지막 강의'를 하게 된 이유다.

나의 마지막 강의는 모두 비디오테이프로 녹화가 되었다. 나는 그 날 내가 무엇을 했는지 잘 알고 있다. 교양 강의라는 명목 아래 나는 스스로를 병 속에 넣었다. 이 병은 미래의 어느 날, 바닷가로 떠 내려와 내 아이들에게 닿을 것이다. 만약 내가 화가였다면 아이들을 위해 그림을 그렸을 것이다. 음악가였다면 작곡을 했을 것이다. 그러나 나는 강의를 하는 교수다. 그래서 강의를 했다.

고(故) 랜디 포시 교수는 2008년 7월 25일 세 자녀에게 '마지막 강의'를 선물로 남긴 후 자택에서 생을 마감하였다. 18개월이었던 그의 막내아이는 아빠의 존재를 기억조차 못 할 것이다. 하지만 이 아이가 자라 "아빠가 보고싶다"고 할 때 포시 부인은 〈마지막 강연〉 영상을 보여줄 것이고, 그보다 더 자라 글을 읽을 때쯤이면《마지막 강의》를 읽게 할 것이다. 이렇게 아빠는 세 자녀와 영원히 함께할 것이다. 가족 곁을 먼저 떠나며, 남은 가족들에게 이야기를 선사한다면 그만한 사랑의 표현이 또 있을까? 그 이야기는 천만금의 재산보다 더 귀한 유산이 되는 셈이다.

심리학 박사인 대니얼 고틀립은 《샘에게 보내는 편지》[문학동네 | 2007년 9월]라는 책을 냈다. 이 책은 손자 샘에게 미리 상속한 유산이다. 고틀립은 이 책 속에서 이렇게 고백한다.

샘, 처음 내가 사랑한 것은 '내 손자'였다. 그리고 여섯 달이 지난 뒤에야 비로소 '너'를 사랑하게 되었다.

샘의 외증조할아버지의 장례식 날, 샘은 외할아버지 고틀립의 무릎 위에 자꾸만 기어오른다. 그 순간 고틀립은 손자와 자신이 서로 같은 영혼을 가진 사람이란 걸 깨닫는다. 왜냐하면 할아버지와 손자, 둘은 닮은꼴이기 때문이다. 고틀립은 서른세 살 때 교통사고를 당한 전신마비장애인으로 왼손 엄지손가락에만 감각이 살아 있고, 그의 둘째딸이 낳은 유일한 손자인 샘은 자폐다. 이같은 동변상련에 고틀립은 '남들과 다르다는 사실을 받아들이는 법, 앞길을 스스로 헤쳐나가는 법'을 샘에게 일러주기로 마음먹는다.

샘은 아직 이 편지를 읽을 수 없고 다 커서도 할아버지의 뜻을 '제대로 읽고 이해할 수 있을지' 알 수 없다. 그래서 그는 유대 경전과 성경과 이슬람의 시 등 재미있는 우화들을 활용한 쉽고 꾸밈없는 표현을 써가며 역경 속에서 얻은 그만의 깨달음을 샘에게 전했다.

《나의 삶은 서서히 진화해왔다》갈라파고스 | 2018년 11월는 진화론을 정립한 찰스 다윈의 자서전이다. 독일의 한 편집자에게서 이야기를 집필해달라는 제안을 받고 "할아버지가 자기 정신에 대해 쓴 짧은 글이라도 읽어볼 수 있다면 얼마나 흥분되겠는가"라고 생각하며 손자들을 위해 쓴 글이다. 다윈이 사망한 지 120여 년 지났으니 그의 4대나 5대 후손이 할아버지 다윈의 이야기를 읽었으리라.

격변기를 살아낸 숱한 개인들의 기록은 그 시기를 술회하는 역사의 한 페이지가 되기도 한다. 남들은 겪지 못한 경험을 기록한 이야기도 마찬가지다. 한 개인의 섬세한 삶의 기록도 하나의 날실과 씨실이 되어 한 시대를 증언하는 옷감을 짤 수 있다. 아니, 인류학자나 역사학자들은 개인의 기록을 통해 당대인들의 삶과 사회상을 유추한다.

찰스 이스트먼은 아메리칸 인디언이다. 보스턴 의대를 졸

업한 재원으로 의사로서 성공적인 삶을 영위하던 그는 백인 기병대가 '운디드니' 골짜기에서 수많은 죄 없는 인디언들을 학살한 이른바 '운디드니 대학살 사건'을 경험하면서 새로운 삶을 살게 된다. 그는 자신의 경험을 담은 책《인디언의 영혼》책과삶 | 2013년 5월을 통해 인디언 문화와 생활, 풍습들을 알리기 시작했다. 이름 역시 인디언 언어로 승리자를 뜻하는 '오히예사(인디언 말로 승리자를 뜻한다)'로 바꾸고 인디언들의 정신과 숲속 생활을 재연하는 보이스카우트의 출범에도 영향을 미쳤다.

명품 구두 살바토레 페라가모 창업주의 이야기를 실은 책《꿈을 꾸는 구두장이》웅진닷컴 | 2004년 11월를 읽다 보면 요즘 흔한 누드 샌들이 페라가모가 처음 만들었을 1947년 당시에는 "발을 그대로 드러내는 너무 과감한 디자인이어서 잘 팔리지 않았을 정도로 파격적인 디자인"이었다는 사실을 알게 된다.

화가 천경자의 《내 슬픈 전설의 49페이지》랜덤하우스코리아 | 2006년 3월에는 고향 고흥읍에 얽힌 사연들이 상세하게 그려져 1920년대 전라도 산골 풍경을 드라마 보듯 선명하게 그려볼 수 있다.

기록되지 않은 것은 전해질 수 없다. 그것이 아무리 위대한 것이라도 그렇다. 남미의 그토록 찬란했던 마야문명도 기록되지 않았던 탓에 기억에서 멀어져갔다. 얼마전 밝혀진 이순신 장군의 32일치《난중일기》서해문집 | 2004년 8월에는 장군이 생시와 같이 꿈에서 선친을 만나 애통해한 일과 전란 중에 아들의 혼례를 치르는 심정을 남기고 있다. 이것은 상급자인 권율과의 갈등, 경쟁자인 원균에 대한 원망, 부하들에 대한 야속함 등 그동안 알려지지 않았던 인간 이순신의 속내를 알기에 더없이 적절한 기록이었다.

2007년 7월, 탈레반에 억류되었다 극적으로 풀려난 인질 가운데 한 사람인 서명화 씨는 유독 언론의 관심을 모았다. 이유는 42일간의 억류기간 동안 그가 자신의 바지에 기록한 피랍일지 때문이다. 수첩이나 노트도 없이 탈레반의 엄한 감시의 눈길을 피해 숨겨둔 볼펜으로 42일간의 모든 것을 기록했다. 이 기록 덕분에 우리는 탈레반이 행한 만행을 더욱 상세하게 기록물로 확보할 수 있었다.

평론가 유종호 교수는 산문집《나의 해방 전후》민음사 | 2004년 8월를 통해 당시의 경험을 시시콜콜 전한다. 일제 강점기였던 '국민학교' 시절부터 광복을 거쳐 한국전쟁이 일어나던

고등학교 1학년 때까지의 일들을 적은 것으로 지식인의 눈에 비친 당대의 기록들은 보기 드문 업적이라는 것이 항간의 평이다. 사회사란 원래 미시적이고 시시콜콜한 이야기들이 쌓여서 이뤄지는 것이라는 유 교수의 부연 설명처럼 사회사건 정치사건 역사는 잘고 시시콜콜한 이야기들이 쌓여서 이뤄진다. 한 나라의 대통령이 되면 메모지 한 장도 그냥 못 버린다. 전화로 통화하며 적은 메모까지 모두 사료로 수거되어 보존된다. 심지어 대통령이 쓴 댓글까지도 영구 보전된다.

영국의 국립도서관에서는 영국 국민들의 일상적인 이메일 자료를 수집하고 있다. '이메일 브리튼'이라는 제목의 이 프로그램은 영국인들의 사랑 문제와 불만사항, 여행, 농담 등 일상생활이 담긴 이메일을 수집해 자료로 보관하기 위해서라 한다. 이 프로그램은 특별한 의미가 담긴 이메일은 물론 평범한 일상생활 속의 이메일에 특히 애착을 보인다고 한다. 프로그램 책임자는 "이렇게 모아놓아야 시간이 많이 흐른 훗날에도 오늘을 보여주는 스냅사진이 될 것"이라고 설명한다.

이렇듯 누군가의 인생은 역사가 된다. 물론, 이것은 기록되었을 때의 한해서 말이다. 당신이 이야기를 써야 하는 이유가 바로 이 때문이기도 하다. 역사를 쓰는 사람은 따로 있는 게 아니라 우리가 살아내는 순간순간이 곧 역사라는 사실 말이다. 이승수 씨가 사마천의 말을 빌려 〈경향신문〉에 쓴 칼럼에서도 결국은 같은 것을 말한다.

> 사람은 한 번 죽게 마련인데
> 어떤 것은 태산보다도 더 무겁고
> 어떤 것은 기러기 털보다도 더 가벼우니
> 이는 삶의 지향이 다르기 때문이고
> 마찬가지로 사람은 누구나 똑같은 언어를 사용하지만
> 어떤 말에는 태산의 무게가 담겨 있고,
> 어떤 말은 오리털처럼 가볍다.
> 그 차이는 일생의 처신에서 비롯하는 것이니
> 말의 무게를 결정하는 것은 솜씨가 아닌 행동이다.
> 태산의 무게가 담긴 말들은 개인의 삶을 넘어 역사의 이정표가 된다.

내 이야기가 있어
흔들리지 않는 삶

'20대여 영원하라.'

'그녀는 프로다. 프로는 아름답다.'

'자꾸자꾸 당신의 향기가 좋아집니다.'

그는 90년대 빅히트를 기록하고 아직도 회자되는 카피를 남긴 전설의 카피라이터다. 국내 정상의 광고대행사 제일기획의 부사장, 그러니까 삼성그룹 임원 출신으로 지금은 여러 미디어의 러브콜을 받는 '책방 사장님' 최인아 대표.

누구라도 부러워할, 누가 봐도 성공한 커리어를 쌓은 그지만 지금의 위치에 오르기까지 그도 셀 수 없는 유리천장을 부숴야 했다. 남녀 차별이 엄연하던 1984년에 광고 회사에 입사해 '미스 최'에서 부사장이 되기까지 20여 년, 얼마나 많은 한계를 만났겠는가. 여자가, 여자로 일하는 것의 한계를 넘어섰다고 생각할 즈음, 생각지 못한 벽이 그의 앞을 막아섰다. 바로 '나이듦'. 그 어느 산업보다도 변화의 주기가 짧고 새로움을 미덕으로 치는 광고계에서 나이듦은 그간 만났던 그 어떤 적보다 치명적으로 다가왔다.

거의 모든 대중문화를 젊음이 점령하고 젊음 그 자체가 권력이 되어 가는 마당에 젊음을 이해조차 하기 힘든 나이 든 광고쟁이의 입지는 자꾸 좁아졌다.

일이 그를 피해 점점 줄어드는 듯 했다. 억울했고 야속했으나 새로운 벽을 어찌 넘어야 할지 방법은 찾을 수 없었다. 결국 그가 택한 방법은 휴직. 그는 훌쩍 떠나 정처 없이 걸었다. 그렇게 긴 시간이 흘렀다. 그는 오래 헤맨 끝에 길을 찾았을까. 나이듦이라는 장애를 넘어서는 방법을 찾았을까? 다음은 길 끝에서 그가 내린 결론이다.

나이 들어도 쉬이 없어지지 않을 자기 세계, 세평(世評)

에 쉬이 무너지지 않을 자기 이야기가 있어야 한다. 그래야 어려운 상황에서도 흔들리지 않고 자신을 지킬 수 있고, 나이 듦이라는 봉우리도 멋지게 오를 수 있다.

길 끝에서 긴 물음의 답을 찾은 이는 또 있다. 작가 파울로 코엘료가 작가로서의 인생을 본격적으로 살게 된 것은 산티아고 순례길을 걷고 난 후의 일이다. 산티아고 길이란 800킬로미터의 가톨릭 신자들의 성지 순례길이다. 요즘은 연간 600만 명 이상이 모여드는 인생의 순례길로 더욱 유명하다. 순례자들은 저마다 '등이 휠 것 같은' 사연을 짊어지고 버거운 걸음을 옮기며 이후 자신들이 걸어가야 할 영적인 방향을 찾고자 길에 오른다.

코엘료가 고행길에 오른 것은 서른여덟 살, 작가로 살겠다고 선언한 이후의 일이다. 그 험한 길을 걷는 것 또한 결코 쉬운 일은 아니었을 것이다. 하지만 집필 활동에 대한 어떤 지식도 없었고 당연히 단 한 줄도 쓸 수 없었던 그는 순례길을 걸으며 무엇을 하고 싶은지, 좋아하는 일이 무엇인지에 대해 집요하게 고민했고 돌아올 무렵 작가로 살 것을 결심했다. 집이라는 익숙하고 편안한 공간을 떠나 험하고 불

편한 길을 걸으며 끝없이 자신을 성찰한 결과다.

　신화학자 조셉 캠벨은 "신화 속의 영웅들을 보면 모두 안전지대를 떠나 갖은 위험을 무릅쓰고 인생의 의미를 찾아 삶의 지대로 귀환하며 스스로 성찰의 길을 떠나 깨달음을 얻고 제자리로 돌아온다"며 우리도 신화 속 영웅이 될 수 있을 것이라고 말한다. 미국의 교육학자 파커 J. 파머 역시《삶이 내게 말을 걸어올 때》한문화 | 2019년 2월에서 고생스러움에도 불구하고 떠날 수밖에 없는 순례 여행의 가치를 이렇게 설명한다.

　　위험천만한 지형과 악천후 속에서 넘어지고 길을 잃는 등 감당하기 힘든 어려움을 겪다 보면 눈가림하던 에고라는 환상이 사라지고 드디어 참자아가 모습을 드러낸다. 많은 여행과 고통을 통해 환상을 벗어나는 날, 우리는 문득 성지가 바로 지금 여기에 있음을 깨닫는다.

　하지만 누구나 배낭을 메고 훌쩍 순례에 나설 수 있는 것은 아니다. 더욱이 걷는 것만이 유일한 방법인 것도 아니다. 인생이라는 성지를 순례하는 방법은 다양하다. 나는 그

중 하나로 '글쓰기'를 추천한다.

내가 가야 할 길이 어디인지, 그 길은 어디로 가는지 모르는 사람이 얼마나 흔한가. 방향을 짐작조차 하지 못해 허둥대는 사람은 또 얼마나 많은가. 자기계발을 주제로 한 책과 강연들이 한결같이 "진정 원하는 삶을 살라", "네 길을 가라"라고 말하지만 자신이 원하는 것이 무엇인지 모르는 사람들은 볼멘소리를 한다. "그러게, 그 길을 가르쳐달라니까요."

만일 당신이 사막 한가운데 서 있는 것 같다면, 그 때문에 방향을 암시하는 단서조차 찾을 수 없다면, 그 자리에 계속 서 있을 수도, 어디론가 향할 수도 없다면, 당장 당신의 이야기 쓰기를 시작해보라.

내 이야기를 쓴다는 것은 나만의 산티아고를 걷는 것이다. 이야기를 쓰다 보면 당신이 어디서 걸어왔고 지금 어디에 서 있으며 이제 어디로 걸어가야 할지 알게 된다. 이야기를 쓰며 현재를 점검하고 새로운 인생 여정에 대비하게 된다.

과거와 현재와 미래는 각각 다른 시간개념이 아니라 하나다. 그 큰 세 점을 잇는 것이 삶이며, 이야기 쓰기란 그 세

점을 이어 당신이 가야 할 목적지로 당신을 안전하게 인도하는 안내자이자 지도다.

물론 글쓰기가 800킬로미터의 산티아고 길 걷기보다 수월한 것은 결코 아니다. 산티아고는 걸으면 걸을수록 목적지에 가까이 다가가지만 글쓰기는 일단 쓰기로 마음먹는 것부터 무엇을 쓸까 고민하고 그것을 글로 뱉어내기까지 모든 순간이 산 넘어 산이다. 걸음을 내디딜수록 괜히 시작했다는 후회와 갈수록 어려워지는 과정에 손들어버리는 경우도 허다하다. 예상치 못한 복병에 순간순간 해결해야 할 어려움도 숱하게 많을 것이다. 하지만 일단 시작하기로 하자. 일단 시작하고 나면 그 다음부터는 시작의 서슬이 모든 기운을 움직인다. 산티아고를 걷고 난 순례자들이 들뜬 표정으로 나름의 해답을 얻고 돌아오듯 자신의 이야기를 써낸 사람들도 생각지 못한 어려움과 함께 뜻밖의 결실도 얻는다.

자기관리나 자기성찰이라는 이름의 전환점을 돌아오는 모든 과정은 삶의 전략을 점검하고 다시 구상하는 하프타임이 된다. 바로 이것이 당신의 나이, 환경, 직업, 필요성을 모두 떠나 이야기부터 쓰자고 권하는 절대적인 이유다.

이야기를 만들고 쓰는 동안 지금까지 생각하지 못했던 당신 가슴 속에 짓이겨진 채 널브러진 관심과 흥미의 대상을 발견할 수도 있다. 좁은 목표에 갇혀 있던 삶에서 무한한 가능성의 삶으로 변환할 수도 있다.

인간은 모두 태어날 때 주먹에 신이 주신 재능이 적힌 돌멩이 하나를 쥐고 나온다고 한다. 그런데 성장하면서 주먹을 펴는 순간 손에 쥐고 있던 선물을 놓쳐버리고 이후 이 선물을 찾느라 평생을 헤맨다는 이야기가 있다. 이 우화는 당초 우리에게 주어졌던 선물을 찾아내는 것이 우리의 일생일대의 과제라는 의미를 담고 있다. 자기 자신이 된다는 것은 이처럼 본래의 모습을 알아가는 것, 혹은 본래의 모습을 찾아내는 것이다.

심리학자 융은 "사는 것이 버거운 것은 자기 자신이 되지 못하기 때문"이라고 했다. 그런 까닭에 그는 버겁다 못해 병약해진 사람들에게 필요한 치유란 자기 자신이 되는 것이라고 했다. 자기 자신을 찾기 위해 우리가 시도하는 여러 가지 방법이 많지만 나는 이야기를 써보라고 권한다. 이야기 쓰기는 생각했던 것보다 훨씬 많은 선물을 준비하여 원래 당신의 모습을 찾아줄 것이다.

경쟁이 도를 넘어 초경쟁 시대로 돌입한 요즘은 남보다 잘하는 '나'가 아니라 남과는 전혀 다른 가장 '나다운 나'에 경쟁력이 실린다. 지문처럼 전혀 다른 삶을 살아온 개인이 그 여정 속에 잠재된 암호를 해독하여 이야기로 풀어내고 바이러스로 전파할 때 그것은 경쟁과 복제를 원천 불허하는 강력한 힘이 된다. 마침내 당신은 이 세상에 둘도 없는 근원(오리진)으로서 당신을 창조하게 될 것이다.

글쓰기를 통해 이러한 과정을 거칠 때 당신은 자신의 삶을 따뜻한 눈으로 돌아보게 되고 그제야 당신의 삶은 막막한 과거와 현재의 고통에서 놓여나 미래를 향해 걸을 수 있는 전력을 가다듬는다. 이제 내 이야기를 쓸 결심이 섰는가? 그럼 잠시 귀를 기울여보자. 가슴에서 무슨 소리가 나는지 잘 들어보라. 아마 아득히 먼 곳에서인 듯 아련하게 북소리가 들릴지 모른다. 그 소리가 바로 당신의 진군을 알리는 북소리다. 이제 이야기 쓰기를 시작하라는 신호인 셈이다.

내 이야기 좀 썼을 뿐인데

작가님이 쓴 책을 읽으면서 많이 배웠습니다. 책을 많이 읽는 편인데요, 작가님 책처럼 실질적으로 도움을 주는 책은 매우 찾기 힘들기에 마치 다이아몬드를 발견한 기분입니다.

독자 한 분이 주신 메일의 일부입니다. 저자로 살면서 이런 피드백을 받을 때처럼 신나고 보람 있을 때가 또 있을까요? 책을 쓰며 굳어진 어깨가 싹 풀립니다. 그런데 이렇게 하소연 하는 독자님이 부쩍 늘었답니다.

내용 없는 책이 너무 많다. 허울만 좋고, 펼쳐보면 동어반복 밖에 없다. 세상에 좋다는 것만 죄 긁어모아 책이라고 쓰더라. 하소연은 대개 이런 부탁으로 끝이 납니다. '이런 책이 나오지 않도록 책 쓰기 수업을 해주면 좋겠다.'

책 한 권 내기가 수월해지면서 자료를 긁어모아 붙여넣기로 만든 책이 흔해졌습니다. 이런 책에서는 저자만의 고유한 생각을 찾아볼 수 없습니다. 저자의 자존심이나 권위도 없습니다. 안타까운 것은 책을 낸다는 것은 '나'를 이야기하고 증명하고 싶어서일 텐데, 남이 쓴 자료를 긁어 붙여 만든 남의 이야기로 '나'를 말할 수 있을까, 하는 것입니다.

A4 용지로 80장은 좋이 되는 분량의 책을 쓰는 것은 그만큼의 비중과 노고를 들여 내 이야기를 하고 싶어서일 겁니다. 그런데, 남이 쓴 것들을 기워 그것에 나의 이야기를 실어 전하면 그것은 누구의 것일까요? 왜 굳이 자기 안에 가득 고인 이야기를 두고 남의 이야기에 손을 대는 것일까요?

혹시 에어포켓에 대해 들어보셨는지요. 에어포켓은 배가 뒤집혀 전복됐을 때, 미처 빠져나가지 못한 공기층이 선내 일부에 갇히는 현상을 말합니다. 바다 위 전복된 배 안에서 유일하게 숨을 틔울 수 있는 공간. 이 에어포켓 덕분에 낚시배 전복사고에서 목숨을 구한 사례도 있고, 대서양에서 60시간 만에 구출된 기적도 일어났습니다. 다시 말해 에어포켓은 생명의 공간이자 기적의 공간입니다.

일에 치이고 일상에 지친 당신에게 글쓰기는 에어포켓입니다. 삶이 묻어둔 지뢰와 감춰둔 복병으로 부터 나를 안전하게 지켜주는 구출의 행위이자 나의 정신을 보전해주는 기적의 행위입니다.

글쓰기만큼 나를 보듬고 달래고 낫게 하고 씻어주고 그러면서도 나를 나답게 만드는 행위를 보지 못했습니다. 글쓰기만큼 이 어려운 일들을 쉽고 편하게 수행해주는 일을 만나본 적이 없습니다.

커뮤니케이션 전문가 김범준 씨는 퇴근 후 30분씩 짬을 내 글을 씁니다. 지급이 높아질수록 자신 만을 위해 시간 내기가 쉽지 않지만 직장인으로서 생활인으로서 아빠로서 쌓이는 이야기를 파일에 차곡차곡 쟁여 둡니다. 그 이야기를 책으로 낼 때마다 잘 팔리는 작가가 됩니다.

입지 분석가이자, 부동산 칼럼니스트인 김학렬 씨는 비즈니스 하는 틈틈이 사무실과 카페에서 블로그 포스팅을 합니다. 블로그에는 하루하루 글이 쌓이고 이 글을 묶어 책으로 내면, 그때마다 베스트셀러 저자로 등극합니다. 워킹맘인 최혜윤 씨는 만삭의 무거운 몸에도 집에서 제법 먼 변호사 사무실까지 지하철로 오갑니다. 그래야 그날 블로그에 올릴 글을 고쳐 쓸 겨를을 만들 수 있으니까요. 코로나 19가 급습하여 황망하던 즈음, 저는 남편에게 응급상황이 발생하여 병원을 오갔습니다. 그런 날도 새벽에 일어나 블로그 글쓰기 창을 열었습니다.

일하기만으로도 벅차고 생활하기에도 지치지만 우리는 이렇게 시간을 쪼개고 관심을 할애하여 쓰기를 합니다. 나만의 이야기를 찾고 글로 쓰고 책으로 쓰는 이런 일에 이토록 열심인 것은 그 결과로 돈을 벌고 전문가로 대우받는다는 실질적인 이유가 크겠지만 보다 큰 진짜 이유가 있습니다. 글을 쓰는 행위, 이 자체만으로 더없이 위로가 되고 응원받기 때문입니다.

쓰는 게 좋아서 매일 써모았을 뿐인데, 그랬을 뿐인데 책을 내는 일도 생깁니다. 책이 알려지면 강연도 초대 받는 등 전문가의 세계에 저절로 발 딛는 일도 일어납니다. 그러다 보면 회사를 떠나는 일이 생겨도, 출산과 육아로 경력이 단절되어도 쫄지 않고 지지 않는 뱃심이 발휘됩니다. 이것이 글쓰기의 기적이고 책 쓰기의 경이입니다. 이 세계로 당신을 초대합니다.

여기, 이제 곧 완성될 '당신의 책'을 위한 선물이 있습니다. 제가 기백만 원의 수업료를 받고 진행하는 유료 책 쓰기 코칭 수업에서 활용하는 질문으로 구성한 〈1일 1페이지 100일 글쓰기 워크북〉입니다.

이 워크북은 베스트셀러의 근원을 끌어내는 마중물이자 마법사입니다. 앞으로 딱 100일 동안 이 워크북과 함께 해보세요. 본래 가지고 태어났으나 여태까지 잠들어 있었던 글쓰기 소질을 깨워줄 거예요. 내면을 탐험하는 동안 이야기가 저절로 만들어지는 것은 물론, 어느새 매일 글쓰는 습관까지 몸에 밸 테니까요(인터넷 카페에서 내 이야기 쓰기 100일 습관을 들일 수 있습니다. www.돈이되는글쓰기.com으로 오세요).

내 글도 책이 되나요?

당신도 묻고 싶나요? 그럼요, 물론입니다. 당연하지요.
이미 당신 안에 베스트셀러가 있으니까요.

1일 1페이지
100일 글쓰기 워크북

1~10 DAY

나의 삶
하이라이트

1 DAY

* 당신이 어떤 사람인지 정의해보세요.

한 음절로 ⬤   두 음절로 ⬤⬤

세 음절로 ⬤⬤⬤   네 음절로 ⬤⬤⬤⬤

다섯 음절로 ⬤⬤⬤⬤⬤

여섯 음절로 ⬤⬤⬤⬤⬤⬤

* 가장 마음에 드는 정의를 고르고 이유를 말해보세요.

* 가장 기억에 남는 별명이나 호칭이 있나요?

GOOD(가장 좋아한)

←——————————————————→

BAD(가장 싫어한)

내 생에 기념일

* 당신 인생에서 기념비적인 날은 몇 년 몇 월 며칠인가요?

⬤⬤⬤⬤ 년 ⬤⬤ 월 ⬤ 일

⬤⬤ 시 ⬤⬤ 초

* 가장 최근 다른 사람과 소리 높여 다툰 적이 있나요?

이름: 이름:

VS.

특징: 특징:

나   상대방

* 당신이 가진 것 중 나를 가장 닮은 소지품은 무엇인가요?

* 인생의 철칙이 있다면 무엇인가요?

_____

I must do~

_____

* 왜 그런 철칙을 세우게 됐나요?

_____

_____

_____

_____

_____

_____

_____

_____

_____

_____

7 DAY

* 당신에 대한 소문을 들은 적 있나요?

* 가장 불쾌했던 소문이나 험담은 무엇이었나요?

* 소문이 나게 된 배경은 무엇일까요?

8 DAY

* 당신이 어느 날 납치당했습니다.
납치범은 몸값으로 얼마를 요구할까요?

* 지금의 직업을 정하게 된 순간은 언제인가요?

* 당신의 장례식에 추모사는 어떤 말로 시작할까요?

오늘 우리는 안타까운 죽음을 기리기 위해 모였습니다. 그는

11~20 DAY

나 어릴 적에

11 DAY

* 당신은 어디에서 태어났나요?

* 당신이 태어난 날 신문에는 어떤 기사가 실렸나요?

* 당신이 태어났을 때, 곁에 있던 사람은 누구인가요?

* 당신이 태어났을 때 곁에 있던 사람들을 인터뷰하거나, 상상해서
  상황을 재구성해보세요.

인물1

인물2

인물3

인물4

* 어렸을 때 좋아서 모은 것이 있나요?

●●살부터 ●●살까지 ●●●●●을 모았다

_____

_____

_____

●●살부터 ●●살까지 ●●●●●을 모았다

_____

_____

_____

●●살부터 ●●살까지 ●●●●●을 모았다

_____

_____

_____

_____

우리 집

* 우리 집이 다른 집과 크게 달랐던 점이 있나요?

* 가장 좋아한 TV 프로그램은 뭔가요?

* TO ●●●●● 년도 ●● 월

●● 살의 나

_____

_____

_____

_____

_____

_____

_____

_____

_____

_____

_____

_____

* FROM ●●●●● 년도 ●● 월

●● 살의 나

* 어린 시절 가장 겁이 났을 때는 언제인가요?

* 같은 상황에 놓이면 지금도 공포를 느끼나요?

* 어린 시절, 주변 어른들에게 넌 커서

⬤⬤⬤ 이 되겠다는 말을 들었나요?

* 어릴 때 살던 동네 약도를 그릴 수 있나요?

우리집

동네 친구

* 이름과 성격이 기억에 남는 동네 친구가 있나요?

우리 동네 내 공간

* 우리 동네에서 내가 가장 좋아했던 장소는 어디인가요?

21~30 DAY

폭풍의
성장기

나의 첫 설렘

* 처음 이성을 의식한 때는 언제인가요?

* 처음으로 크게 싸운 건 언제인가요?

누구와 Who

언제 When

어디서 Where

무엇을 What

어떻게 How

왜 Why

나의 사춘기에게

* 당신의 사춘기는 몇 살때부터 몇 살 때인가요?

●● 살부터 ●● 살까지

이보다 엉망일 수는 없다

* 살면서 내가 가장 엉망이었던 시기는 언제인가요?
왜 그렇게 힘들었나요?

● ● ● ● 년 ☐ 봄 ☐ 여름 ☐ 가을 ☐ 겨울

_____

_____

_____

_____

_____

* 그 힘든 시기가 끝난 시점은 언제인가요?

● ● ● ● 년 ☐ 봄 ☐ 여름 ☐ 가을 ☐ 겨울

_____

_____

_____

_____

_____

25 DAY

* 누군가와 헤어지는 고통을 경험한 적이 있나요?

26 DAY

* 되돌아 볼 엄두가 안날만큼 힘든 기억이 있나요?

_____

_____

_____

_____

_____

_____

_____

_____

_____

_____

* 힘든 시기에 곱씹었던 명언이나 글귀는 무엇인가요?

1) _____ by _____

2) _____ by _____

3) _____ by _____

4) _____ by _____

27 DAY

공포라는 선생님

* 어른 이외에 나를 가장 두렵게 한 동년배 아이가 있나요?

* 죽을 것 같다고 느낄 만큼 아팠던 적이 있나요?

0	1	2	3	4	5	6	7	8	9	0

통증이 없음

상상할 수 없을
정도로 심한 통증

분노 유발자

* 당신을 가장 화나게 했던 말은 무엇인가요?

30 DAY

* 고비를 넘기고 있는 사람에게 뭐라고 해주고 싶은가요?

31~40 DAY

나의 가족 이야기

31 DAY

부모님의 말

* 부모님이 한 말 중 잊히지 않는 말이 있나요?

32 DAY

할아버지, 할머니의 기억

* 당신이 기억하는 할아버지, 할머니는 어떤 분이었나요?

33 DAY

* 우리 집의 대표 음식이라고 할 요리가 있나요?

* 가족에게 읽어주고 싶은 책이 있나요?

제목:

부제:

저자:

분야:

가격:

쪽수:

출판사:

발행일:

추천 대상:

내가 오빠 형 누나 언니라면?

* 형제자매가 있나요?

* 형제자매가 있다면 역할이 바뀐 상황,
  없는 사람은 있는 상황을 상상해 보세요.

36 DAY

내가 나의 부모였다면

* 당신이 직접 당신을 키웠다면 어떤 어른으로 컸을까요?

* 가족 구성원이 가장 많았던 때는 언제, 몇 명이었나요?

* 지금 가족 구성원은 몇 명이고,
  가장 많았던 때보다 줄었나요, 늘었나요?

* 부모님께 하면 안 되지만 꼭 하고 싶은 말이 있나요?

* 당신의 아이에게 당신의 부모님 이야기를 들려준다면,
어떻게 설명할 건가요?

너의 할아버지는

너의 할머니는

* 당신이 가족으로부터 독립한 것은 언제인가요?

살

_____

_____

_____

_____

_____

* 아직 독립하지 않았다면 언제쯤 독립할 것 같나요?

살

_____

_____

_____

_____

_____

41~50 DAY

헬로우
마이 프렌드

41 DAY

내친소

* 당신의 친구를 한 명 소개한다면 누구를 소개하고 싶나요?

* 가장 오래된, 가장 오래 사귄 친구는 언제 만난 누구인가요?

* 그간의 경험을 바탕으로 오래 지속되는 우정의 조건을 꼽아보세요.

하나,
둘,
셋,
넷,
다섯,
여섯,
일곱,
여덟,
아홉,
열,

* 친구를 해산물이나 과일 등 다른 것에 비유해 보세요.

과일

해산물

동물

문구류

음료

조미료

전자제품

* 한눈에 당신과 친해질 사람을 알아볼 수 있나요?

* 당신만의 친해질 사람을 구별하는 기준이 있나요?

* 꼭 한번 다시 만나 사과를 하고 싶은 친구가 있나요?
그 친구와 무슨 일이 있었나요?

우정의 값

* 친구에게 가장 큰 돈을 쓴 적은 언제이고 금액은 얼마였나요?

```
지출영수증
              ,000원
              ,000원
              ,000원
- - - - - - - - - - - - - -
    총        ,000원
```

* 친한 사람 중 가장 나이차가 많이 나는 사람은 누구인가요?

↑ 위로 ⬤⬤ 살

_____

_____

_____

_____

_____

↓ 아래로 ⬤⬤ 살

_____

_____

_____

_____

_____

* 어떤 인연으로든 다시는 마주치고 싶지 않은 친구가 있나요?

* 가장 최근에 인연을 끊은 사람이 있나요?

나의 극한 직업

* 당신의 직업은 무엇이고 어떤 일을 하나요?

나의 첫 회사

* 첫 직장에서 한 일은 무엇이고 지금 하는 일과 같은가요?

* 당신의 어떤 점이 지금 하는 일에 맞다고 생각하나요?

* 오랫동안 혼자 해온 공부가 있나요?

* 동료들이 당신에게 도움을 청할 땐 주로 어떤 경우인가요?

자기계발

* 앞으로 배워보겠다고 벼르는 것이 있다면 무엇인가요?

* 책장에 꽂힌 책 가운데 가장 많은 종류는 무엇인가요?

* 돈이나 시간 등 어떤 제약이 없다면 무엇을 하고 싶은가요?

* 쉰 살에 다시 직업을 선택한다면 어떤 직업을 선택할까요?

* 당신이 시장에 상품이라면, 뭐라고 광고 전단지를 만들건가요?

61~70 DAY

나의
인생 곡선 그리기

* 당신이 가장 행복했을 때(최고 상승 포인트)는 언제인가요?

라이프라인(인생곡선) 그리기

행복 기쁨

3

2

1

0

-1

불행 슬픔

-2

-3

해당 사건의 발생연도나 나이

62 DAY

인생 곡선의 불행 정점

* 당신이 가장 불행했을 때(최고 하락 포인트)는 언제인가요?

라이프라인(인생곡선) 그리기

행복
기쁨

3

2

1

0

−1

불행
슬픔

−2

−3

해당 사건의 발생연도나 나이

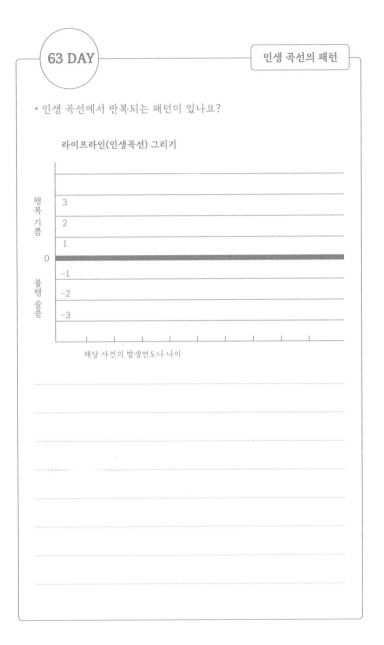

63 DAY

인생 곡선의 패턴

* 인생 곡선에서 반복되는 패턴이 있나요?

라이프라인(인생곡선) 그리기

해당 사건의 발생연도나 나이

* 아무 변화가 없는 구간이 있다면 언제인가요?

라이프라인(인생곡선) 그리기

행복 기쁨

3

2

1

0

−1

−2

−3

불행 슬픔

해당 사건의 발생연도나 나이

65 DAY

* 지워버리고 싶은 구간이 있다면 언제인가요?

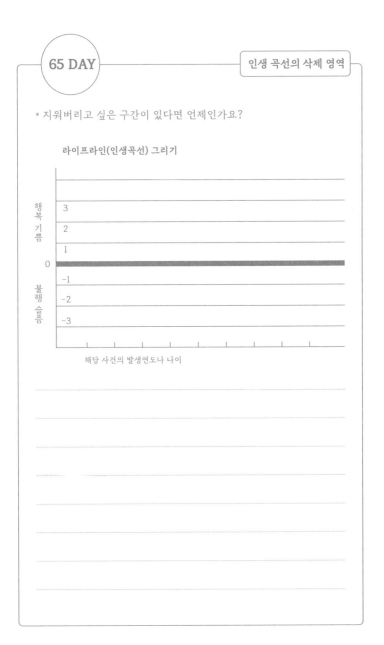

라이프라인(인생곡선) 그리기

행복 기쁨

3

2

1

0

-1

불행 슬픔

-2

-3

해당 사건의 발생연도나 나이

* 인생 곡선에 영향을 준 사람이 있나요?

라이프라인(인생곡선) 그리기

행복
기쁨

3

2

1

0

−1

−2

−3

불행
슬픔

해당 사건의 발생연도나 나이

* 앞으로 인생 곡선 최고 상승 포인트를 예측할 수 있나요?

라이프라인(인생곡선) 그리기

행
복
기
쁨

3

2

1

0

−1

불
행
슬
픔

−2

−3

해당 사건의 발생연도나 나이

* 인생 곡선 하락을 막기 위한 방지책이 있나요?

라이프라인(인생곡선) 그리기

행복 기쁨

3

2

1

· 0

−1

−2

−3

불행 슬픔

해당 사건의 발생연도나 나이

인생 곡선 최신 업데이트

* 가장 최근 인생 곡선에 변화 요인은 무엇인가요?

라이프라인(인생곡선) 그리기

행복 기쁨

| 3
| 2
| 1
0
| -1

불행 슬픔

| -2
| -3

해당 사건의 발생연도나 나이

* 내일 당장 인생이 끝난다면, 당신의 인생 곡선은
지금 어느 지점에 있나요?

라이프라인(인생곡선) 그리기

행복
기쁨

3

2

1

0

−1

불행
슬픔

−2

−3

해당 사건의 발생연도나 나이

71~80 DAY

꿈은 이루어진다

나의 어린 시절 꿈

* 어렸을 때 당신의 꿈은 무엇이었나요?

* 어린 시절 꿈이 이루어졌나요?

73 DAY

* 당신의 꿈을 이루는 데 가장 큰 장애는 무엇인가요,
혹은 무엇이었나요?

꿈을 위한 휴식

* 1년의 유급 안식년을 받는다면 무엇을 하고 싶은가요?

75 DAY

* 최근에 미래를 위해 새로 시작한 일이 있나요?

* 당신의 능력 가운데 가장 가치 있는 것은 무엇인가요?

77 DAY

* 당신의 경험 가운데 가장 자랑스러운 것은 무엇인가요?

* 주말과 휴일을 보내는 방법은 어떻게 결정하나요?

* 오늘까지의 인생에 점수를 매긴다면 몇 점인가요?

* 얼굴에 반드시 한 문장을 문신으로 남겨야 한다면
어떤 문장을 새길 건가요?

81~90 DAY

인생이라는
이름의 연극

* 당신의 인생을 한 편의 연극이라고 생각하고 관객에게 소개해보세요.

세부 장르:

등장 인물:

관람 등급:

줄거리 :

82 DAY

내 인생 1막

* 당신 연극(인생) 1막은 몇 살부터 몇 살이고, 제목은 무엇인가요?

> 1막 :
>
> (⬤⬤ 살 ~ ⬤⬤ 살)

* 당신 연극(인생) 2막은 몇 살부터 몇 살이고, 제목은 무엇인가요?

2막 :

(⬤⬤살 ~ ⬤⬤살)

* 당신 연극(인생) 3막은 몇 살부터 몇 살이고, 제목은 무엇인가요?

3막 :

(●●살 ~ ●●살)

85 DAY

* 지금은 당신 연극(인생)의 1~3막 중 어디에 해당하며,
이후 어떻게 전개되는지 줄거리를 써보세요.

* 각 막의 주요 등장인물은 누구 누구였나요?

1막 인물 ①

1막 인물 ②

2막 인물 ①

2막 인물 ②

3막 인물 ①

3막 인물 ②

내 인생에 또 다른 주연

* 지금까지 몇 번의 사랑을 했고 앞으로 몇 번의 사랑을 더 할 것 같나요?

* 당신의 인생이 공연이라고 할 때, 인터미션을 둔다면
어느 시점에 둘 건가요?

* 당신의 공연 제목으로 훔쳐오고 싶은 다른 작품의 제목이 있나요?

* 지금까지 살아온 당신의 삶에 당신만의 제목을 붙여보세요

91~100 DAY

내가 나에게 묻는 질문

* 질문 1

* 질문 2

* 질문 3

* 질문 4

* 질문 5

* 질문 6

* 질문 7

* 질문 8

* 질문 9

* 질문 10

워크북을 마치며

오늘부터
내 책 쓰기
어때요?

1판 1쇄 인쇄 2020년 5월 11일
1판 1쇄 발행 2020년 5월 22일

지은이 송숙희

발행인 양원석
편집장 김건희
책임편집 전설
디자인 디스커버
영업마케팅 조아라, 신예은

펴낸 곳 ㈜알에이치코리아
주소 서울시 금천구 가산디지털2로 53, 20층 (가산동, 한라시그마밸리)
편집문의 02-6443-8932 **도서문의** 02-6443-8800
홈페이지 http://rhk.co.kr
등록 2004년 1월 15일 제2-3726호

ISBN 978-89-255-3676-7 (03800)